U0454168

雅众
elegance

智性阅读
诗意创造

蒙塔莱诗集

乌贼骨

Ossi di seppia
Le poesie di Eugenio Montale

［意］欧金尼奥·蒙塔莱 著

刘国鹏 译

中信出版集团 | 北京

图书在版编目（CIP）数据

乌贼骨：蒙塔莱诗集 / （意）欧金尼奥·蒙塔莱著；
刘国鹏译 . -- 北京：中信出版社，2024.3
ISBN 978-7-5217-6176-4

Ⅰ.①乌… Ⅱ.①欧… ②刘… Ⅲ.①诗集－意大利
－现代 Ⅳ.① I546.25

中国国家版本馆 CIP 数据核字（2023）第 247334 号

乌贼骨：蒙塔莱诗集
著者： [意] 欧金尼奥·蒙塔莱
译者： 刘国鹏
出版发行：中信出版集团股份有限公司
　　　　　（北京市朝阳区东三环北路 27 号嘉铭中心 邮编 100020）
承印者： 山东临沂新华印刷物流集团有限责任公司

开本：787mm×1092mm 1/32　　印张：6.75　　字数：62 千字
版次：2024 年 3 月第 1 版　　印次：2024 年 3 月第 1 次印刷
京权图字：01-2023-5443　　　书号：ISBN 978-7-5217-6176-4
定价：58.00 元

版权所有·侵权必究
如有印刷、装订问题，本公司负责调换。
服务热线：400-600-8099
投稿邮箱：author@citicpub.com

目 录

序 曲

门槛上 [1]

欢欣鼓舞吧，倘若吹进果园的风
在彼处 [2] 再次引导生命的浪潮：
纷乱死去的
记忆在此沉沦，
它不曾是花园，而是圣髑盒。[3]

你所听到的鼓翼之声并非一次飞行，
而是永恒的子宫的骚动。
你瞧，这大地孤独的
一隅化身为一座熔炉。

这一侧的怨恨源自陡直的高墙。
要是往前走，你或许会碰巧
遇上那个拯救你的幽灵：
在这里，人们编织着出于未来的游戏
而被抹去的故事，剧本。

寻找那勒紧我们的网罗
破损的缺口，你，要冲出去，快逃！

走吧，我已为你祈祷，现在我的焦渴

将大大缓解，铁锈味也不再那么刺鼻……[4]

1　本诗约 1924 年夏天创作，具体日期不详。最早题为《自由》（*La libertà*），后更名为现在的标题。该诗明确了其在《乌贼骨》整部诗集中的引导功能——门槛上（in limine）。此门槛不仅是诗集的门槛，也是将监禁与奇迹般的自由分隔的边界。本诗题赠给宝拉·尼克莉（Paola Nicoli）——蒙塔莱第一本诗集的潜在灵感之一（除此之外，至少还有五首诗与其有关）。尼克莉是一位长相俏丽的秘鲁裔女演员，蒙塔莱在 20 世纪 20 年代中期与其保持着密切的交往，并在其身上看到了诗人自身的优柔寡断和心理层面的脆弱。

2　彼处，指果园（pomario）。

3　此句意为：这不是一处像花园一样的丰饶之地，而是一个骸骨的容器，即昔日令人哀伤的碎片。这里运用某种象征化手法，通过典型事例之间的相互关联对其加以客观化，存在主义姿态所触及的极限引导诗人步入内心，返回过往。

4　末一句诗人试图拯救与之对话的女性形象，使诗从欲望和不满中解脱出来，这里用"焦渴"和"铁锈"来比喻，"铁锈"恰与前文"熔炉"所唤起的金属构成指涉，对应某种腐蚀和腐烂的感觉，在比喻的意义上释为"怨恨、不快"：因为命运所带给生活的心意难平的怨怼。

第一辑　乐　章

柠 檬 [1]

听我说，桂冠及顶的诗人们

仅在名贵的植物间

徜徉：黄杨，女贞属或莨苕 [2]。

而我，则钟爱那通往青草弥漫的道路

半深不浅的

泥潭里，孩子们徒手捉住

几条瘦巴巴的鳗鱼：

乡间小路循着边沿，

向下延伸，穿过芦苇丛

通向果园，蜿蜒于柠檬树间。

倘若鸟儿的嘈杂声被蓝色的

苍穹所淹没，那也不错：

树枝的沙沙声听得愈加

清晰，友好地置身空中，几近纹丝不动，

而这种气味的感觉

不懂得如何自绝于地面

一阵不安分的甜蜜自胸前倾泻而下。

这里，兴致勃勃的激情

引发的征战，奇迹般地，悄无声息。
这里，就连我们穷人也能分得自己的那份财富
那柠檬的芬芳。

你瞧，在这片宁静中，万物
沉醉不能自拔，近乎要
背叛它们最后的秘密，
有时人们希冀
发现大自然的一个错误，
世界的死局，断裂的圆环，
一根松脱了死结的线，最终将我们
引入某个真理当中。
目光四处寻觅，
在弥漫的芳香中
头脑探询、调和、分崩离析
当一天迎来最无精打采的时刻。
正是这片寂静，依稀可见
每一个人影中，某种
不安的神性去意已决。

可幻觉烟消云散，时间把我们带回
喧嚣的城市，那里，蓝色的天空只在
建筑物波状花边间，从高处，碎片般自我显现。

之后，雨水使大地变得疲惫；冬天

笼罩在事物上的枯燥乏味日益浓厚

光线使灵魂变得悭吝——苦涩。

当有一天，自一道虚掩的大门

从某个庭院的树木间

柠檬的黄色向我们显现；

心的寒冰融化，

而它们的歌声

明亮的金色小号

在我们的胸中震耳欲聋。

1 这首诗创作于 1921 年，并于 1922 年 11 月重新修订。继《门槛上》提出纲领性前提之后，本诗被视为《乌贼骨》一书的真正开篇，如果说《门槛上》勾画了一条神奇的逃生路线的可能性，那么，这里则指出了这一可能性的具体条件。在这首诗当中，蒙塔莱着意描绘了他所生活的利古里亚风景——或至少是其中引人注目的部分，并坦露了自己的存在主义式的信念的坐标。《柠檬》（I limoni）被普遍认为是蒙塔莱的诗学宣言，实非巧合。近代诗歌传统热衷于表现崇高的、文人化的景观（显而易见，较有代表性的当属邓南遮的诗歌），但蒙塔莱更喜欢具体和卑微的景观：乡村道路、泥潭、柠檬树（第一诗节）。在这样的风景中，即使是卑微的诗人也能找到属于他们的幸福（第二诗节）。最重要的是，他们找到了一丝光亮，使一些通常被隐藏的真理变得异常明显，尤其是摆脱习以为常的必然性的链条的可能性（第三诗节）。然而，这是一种虚幻、短暂的状态，紧随其后的是城市的乏味和对秋天的体验。虽然在城市里生活，但有一天不经意间，院子里突然闪现的柠檬，可能会使夏天的充实和幸福瞬间回归（第四诗节）。

2 这三种名贵的植物被蒙塔莱用来暗指当时意大利的三位官方诗人：卡尔杜齐（Carducci）、帕斯科利（Pascoli）和邓南遮（D'Annunzio）。

英国圆号 [1]

今晚，黄昏的风忘我地弹拨着

——回想起刀剑一阵锋利的震颤——

密林的乐器，涤荡着

黄铜的地平线

那里，光线的条纹伸展

犹如风筝在天空猎猎飘荡

（行踪无定的云，头顶

明彻的王国！苍穹之上埃尔多拉多 [2]

虚掩的城门！）

大海波光粼粼

青黑色的大海，变换着色调，

龙卷风在岸上激起

飞旋的泡沫；

天色缓慢地变暗

风方生方死

今晚它也渴望弹奏你

走了调的乐器，

你的心。

1　本首系《乌贼骨》中最早期创作的作品之一，创作时间在1916 年至 1920 年间，与其他六首诗一起发表在戈贝蒂所主编的《第一时间》上，总标题是《和弦。一位少年的感觉和幽灵》（*Accordi. Sensi e fantasmi di una adolescente*），但其余六首诗并未被纳入第一版《乌贼骨》。在这里，象征主义为个人与自然景观之间的关联所限定的条件呈现出其基本特征：每一个细节似乎都暗示着某种隐藏的意义，并向其自我揭示的方向聚拢，而自然事实则以"帕斯科利式"和"邓南遮式"的方式，通过人为的视野被解读，譬如风被拟人化，像演奏乐器一样演奏树木。因此在这首诗当中，年轻的蒙塔莱挪用了邓南遮作品《雨落松林》（*La pioggia nel pineto*）中的"自我的外在性"，并对其进行质疑。

2　埃尔多拉多（Eldorado），美洲征服者心目中的黄金之国。——译者注

假 声 [1]

埃斯特里娜，二十载岁月威胁着你，

铅灰色的云

一点一点地将你封闭其内。

你明白这一点，也不会感到害怕。

我们会在被迅猛的风撕裂

或聚拢的雾气中看到你

然后你会从奔涌的灰烬中走出

前所未有地瘦削

朝向最遥远的冒险

全神贯注的面孔宛如

弓箭手狄安娜。

二十个秋天掠过，

逝去的春天纠缠着你；

极乐之境 [2] 的预兆

此时已为你鸣响。

一阵声音不会使你信赖

那不过是被击打的罐子

破裂的声音！我祈祷，那是

献给你的音乐会，铃声曼妙

无以言表。

可疑的明天没有让你感到害怕。

你优雅地躺下

在闪耀着盐的光泽的礁石上

任阳光炙烤着你的四肢。

你还记得蜥蜴

驻足在光秃秃的岩石上；

青春使你落入圈套，

那孩子们用草茎做成的细绳套。

水是磨炼你的力量，

在水中，你重获自我，更新自己：

在我们眼里，你是藻类、鹅卵石，

像某个来自海洋的生物

盐渍不会腐蚀你

反倒使你更纯净地回到岸边。

你说得对！别让稀奇古怪的念头

扰乱明媚的现在。

你的快乐已为未来担保

耸耸肩

就可以拆毁

你幽暗明日的堡垒。

你起身，迈步走上单薄的

小桥，在喧嚣的涡流之上：

你的轮廓已投射在

一道珍珠的背景上。

你迟疑着，站在颤抖的木板顶端，

而后面带微笑，宛如清风拂面

你落入神性之友

的怀抱中，它接住你。

我们打量着你，那些

留在大地上的种族。

1　这首诗题献给年轻的女运动员埃斯特里娜·罗茜（Esterina Rossi）。从 1923 年夏天起，蒙塔莱经常光顾朋友弗朗西斯科·梅西纳（Francesco Messina）和比安卡·梅西纳（Bianca Messina）的家，并在那里认识了埃斯特里娜。这首诗的创作日期约在 1924 年 2 月 11 日之后。对于诗人而言，无论是与尼克莉迷人的躁动还是和安妮塔（Annetta）忧郁哀伤的命运相比，埃斯特里娜的形象都要逊色得多，也并不那么令人心潮澎湃。对于这位富有文学血统的少女，诗人对她的观察既抱以同情，同时也保持着讽刺性的疏离感。在诗中，埃斯特里娜被诗人视作一种同大自然亲密无间的形象，而这种形象对人生充满了跃跃欲试的好斗感。

2　"极乐之境"（elise sfere），源于古希腊语 Ἠλύσιον πεδίο，希腊神话中英雄和正义之士的安息之所。

游吟诗人 [1]
——以德彪西的同名作品为题 [2]

重奏，你在夏天
闷热的窗户间弹跳。

窒息的音符尖酸的纠结，
无法引爆的笑声
却在空洞的时日上刺绣
剩余的三位寻欢作乐者在弹奏
身穿剪报，
以未曾目睹的契约，
类似于奇怪的漏斗
时而膨胀，时而瘫软。

来自大街上的
无声的音乐，
费力地上升，回落。
被染上了色调
时而鲜红，时而浅蓝。
濡湿了双眼，使世界
看起来，活像是眯着眼睛

在金黄色中游泳。

突然跃起，重又跌落，遁于无形。

而后，窒息般，远远地

再度显现：它备受折磨。

你几乎听不到它，你呼吸它。

　　　　　　　　　　你也在

夏天的床单间烧将起来，

迷失的心！而今，你在你的长笛上

轻率地尝试着未知的音符。

1　在第一版《乌贼骨》中，本诗以《梦想曲》（*Musica sognata*）为题，排列在《假声》（*Falsetto*）之前。第二版中，本诗未被收入。但在 1977 年问世的《诗全集》（*Tutte le poesie*）中，本诗标题改为《游吟诗人》，并重新排版在目前的位置。这首诗和前文的《假声》《英国圆号》共同构成了一组以音乐为主题的三重奏作品。蒙塔莱晚年在采访中坦露，他认为自己的诗歌是那个时代最具音乐性的，并明确指出，涉及诗歌的音乐性时，应该用德彪西的音乐来补充邓南遮的诗歌。正如《假声》所证明的那样，如果说邓南遮的写作路径是一个需要跨越并与之保持距离的例子，那么，德彪西的风格，就被认为是现代存在主义式的残酷和自我讽刺的综合体，正是如此，要明确地在副标题中体现"德彪西"之名，甚至将其作为整首诗的灵感来源。

2　德彪西（Achille-Claude Debussy，1862—1918），19 世纪末 20 世纪初最伟大、最富于创造性的作曲家之一，印象主义音乐的创始人。德彪西于 1901 年至 1913 年间连续创作了 24 首钢琴小品，称之为"前奏曲"（*Préludes*）。《游吟诗人》为"前奏曲"第一卷中的最后一首。——译者注

为卡米洛·斯巴尔巴罗而作 [1]

拉帕罗的咖啡馆 [2]

"温水区" [3] 中的圣诞节
灯火通明，烟雾缭绕
显现出杯子，封闭的
水晶玻璃外，蒙着面纱的灯光
颤动着，女性灰色的
剪影，在宝石的闪烁
和丝绸的争执间……

　　　　　　　她们已来到
这片你家乡的海滩。
新的"塞壬"！；而这里，你独独缺席
卡米洛，朋友，你是贪婪
和激动的历史学家。

街上听得到巨大的骚动声。

外面，白铁皮的号角
和孩子们刺耳的茶碟

发出的无以言传的
音乐消失了：
天真的音乐消失了。

一个土地公⁴的世界远去了
连同小骡驹和手推车的嘈杂声，
夹杂着纸糊的公羊的
哀号和锡纸裹成的
军刀的闪闪发光。
将军们头戴纸做的
双角帽，挥舞着
牛轧糖的长矛扬长而去；
然后，普通士兵出列
手持蜡烛头和灯笼，
还有叮叮当当的盒子
发出了最老套的声音。
涓涓细流，令逡巡的
灵魂痴迷：
（我曾聆听那不可思议的溪流）。

乌合之众，连同
一队羊群嗒嗒的蹄声通过
近在咫尺的雷鸣令人惊恐。

牧场欢迎它们

而对我们而言，已不再绿意盎然。

警 句 [5]

斯巴尔巴罗，异想天开的孩子，把五颜六色的

纸，折成小船，把它们托付给小水沟

流动的污泥；看它们驶向远方。

对于他，你有着先见之明，你这途经此地的君子。

用你的手杖去触碰那精致的小小船队，

为了不使其倾覆，请引导它到石子垒就的迷你港湾。

1　这首诗创作于 1923 年圣诞节，如题所示，诗作题献给比自己稍稍年长的利古里亚诗人卡米洛·斯巴尔巴罗（Camillo Sbarbaro，1888—1967），该诗系由两首作品构成的双联诗。——译者注

2　《拉帕罗的咖啡馆》（Caffè a Rapallo）唤起了两种不同且互补的情形，诗中独立的第 13 诗行将两者分隔开来：一者是妓女经常光顾的咖啡馆的内景，另一者是节日里戴着面具的儿童列队游行的外景。这恰恰对应斯巴尔巴罗灵魂的两面：一面是被诅咒的、夜行的、经常出入妓院的市民的灵魂，另一面是退省的、坦率的灵魂。"拉帕罗"（Rapallo）为地名，系意大利利古里亚大区热那亚下辖的一座城市。卡米洛·斯巴尔巴罗曾创作过一篇《拉帕罗》的同名散文。

3　"温水区"（tepidario），即诗歌标题中所提到的"咖啡馆"，tepidario 来自拉丁语 tepidarium，意指古罗马浴室中的温水区。

4 此处原文是"gnomo",原指北欧古代神话中守护地下宝藏的地精、土地神和守护神,这里依汉语习惯,译为"土地公"。——译者注

5 这首诗是诗人献给卡米洛·斯巴尔巴罗的双联诗中的第二首。诗人在此以带有寓言风格的古典田园诗的方式,将卡米洛·斯巴尔巴罗描绘成一个孩子,而这位"异想天开的孩子"将五颜六色的小船托付给小水沟——从这个形象入手,诗歌文本的构成不难破译。诗人邀请诚实的路人保护"精致的船队",其实是希望斯巴尔巴罗这位朋友的作品能找到合格的读者。令人陶醉的轻盈和令人心绪不宁的标记相互结合,很好地表达了这位朋友的性格和其诗艺的复杂性。

近乎一场幻觉 [1]

破晓，我把它引荐给
墙壁上暗银色的
一丝光亮：
一道微光为紧闭的窗户镶了边。
太阳的大事件
卷土重来，弥漫的
声音，惯常的喧嚣并没有如期而至。

为什么？我想到了一个充满魅力的日子
而我会以千篇一律的时光的
旋转木马偿还。长久以来，
那漫不经心的魔术师，充溢我的
力量行将泛滥。现在，我将崭露头角，
我将在高大的房屋，光秃秃的林荫道上遭罪。

我将面对一片未经触碰的雪国
而那雪细微得如同挂毯上的景象。
一道迟到的光线将从絮状的天空滑落。
充满了不可见的光的森林和山丘

会向我倾吐喜悦回归的颂歌。

令人兴奋的是，我会读到白色上面

枝条黑色的印迹

犹如一幅必不可少的字母表。

全部过往会在我

面前的一瞬显现。

没有丝毫的声音会干扰

这种孤独的快乐。

它将在空中吐丝

或者，数只"三月的小公鸡"[2]

降落在某个木桩上。

1　原作手稿已散佚，创作年代不详。这首诗体现了整部《乌贼骨》在多个方面的原创性成果：对重要的哲学主题有着轻松但不失敏锐的处理，风格高迈却不含反讽或有意强调的悲剧性意味，以及用延续性动词表示将来时态（整首诗几乎没有使用动词将来时）。

2　"三月的小公鸡"（galletto di marzo）指戴胜鸟，源自利古里亚方言"galetu de marsu"，在当地的习俗中，戴胜鸟被视作司春鸟。——译者注

石 棺 [1]

"卷发的少女们去向何方……" [2]

卷发的少女们去向何方

汲满水的耳罐扛在肩头

步履坚定，如此轻盈；

在山谷出口的尽头

美丽的姑娘们徒劳地等待着

一架葡萄藤荫庇着她们

串串葡萄垂下，摇摇摆摆。

太阳升向高处。

山坡隐约可见

难辨色调：在轻盈的

一瞬，被闪电击中的大自然

作为母亲而非继母 [3]，

以轻松的形式，展示着

她的快乐生物。

沉睡的世界，抑或以不变的存在

为荣的世界，谁又说得清呢？

路过的人，你就赠予他

你的花园里最好的树枝。

而后跟随他：在这并非

黑暗与光明交替的山谷。

引导你的道路距此迢遥，

你没有避难所，你已死去太久：

遵循你的星辰的轮回。

就此永别了，小小鬈发的孩童们。

请把汲满水的耳罐放在肩头。[4]

"而今，你的步履……"[5]

而今，你的步履

更加谨慎：距此咫尺

之遥，一场极为罕见的

场景，为你安排就绪。

一座小神殿锈迹斑斑的大门

永久关闭。

一道刺目的亮光弥漫在

野草丛生的门槛上。

而这里，人类的足迹

或虚构的恐惧，不再发出回响，

一只瘦骨嶙峋的狗趴在地上，守护着。

它再也不会动弹了

在这个想必闷热的时刻。

屋顶之上，一朵

非凡的云兀自显现。

"哔哔剥剥的火焰……" [6]

绿锈斑斑的壁炉里

哔哔剥剥的火焰

而晦暗的空气重压

在一个不确定的世界之上。一个疲惫的老人

沉睡在炭架旁

一个被遗弃者的睡眠。

在这假扮成青铜的

深渊般的光线下，请你不要醒来

睡吧！而你，步行者

缓缓前行；但首先

请你为炉灶里的火焰添上

一根树枝，在歌声中

从丢在一旁的篮子里扔进一枚

成熟的松果：它们落到地上

那为最后的旅程

所信守的佣金。

"然而，到何处去寻找坟墓……"[7]

然而，到何处去寻找忠心耿耿的

朋友和情人的坟墓；

那乞丐和孩子的坟墓；

哪里可以找到庇护所

对于那些接纳人之初

明亮之焰的火炭的人。

哦，让坟墓被描绘成

平安的信号吧，轻松一如玩具！

离开沉默不语的石头的阵列

对于废弃的石板而言

其中时而刻有

最让人心烦意乱的符号

因为哭泣和欢笑

双胞胎一般，相同地涌现。

那个悲伤的工匠打量一番，前去工作

一个盲目的意志已在他的手腕上跳动。

在那众人的坟墓中，他寻找某个原始的装饰

那装饰凭着记忆，懂得前去

吸引粗鲁的灵魂

迈上甜美的流亡之路。

一阵虚无，一朵向日葵在绽放

周围，一场兔子的舞蹈 [8]……

1　组诗《石棺》系列创作于 1923 年的最后几个月，最初由诗人题献给雕塑家弗朗西斯科·梅西纳。梅西纳是以现代主义艺术形式重新复兴新古典主义的代表人物，某种程度上，与蒙塔莱在艺术和友谊层面关系密切。——译者注

2　原诗中的意大利文标题为诗歌首句，由于意大利语和汉语表达习惯不同，在中文译文中，诗歌标题将根据语境有所调整。下同。——译者注

3　莱奥帕尔迪认为，大自然之于人类，乃是"分娩之母和意志上的继母"（madre è di parto e di voler matrigna），本句则是以此作为典故。——译者注

4　结尾的两句诗以循环的方式承接了开头的两句诗，并做了一些变化（"鬈发的婴孩们"代替了"卷发的少女们"，"放在肩头"代替了"扛在肩头"）。最重要的是，句式从描述句转向了祈使句，以对女性目的地的探询代替了将与之分道扬镳的意图：正如我们看到的那样，她们的幸福在于无处可去，而"自我"的命运却是仍需要继续人生之旅。

5　组诗《石棺》系列的第二首，专门描述另一尊没有人物形象的浮雕。各种细节按照蒙太奇的手法并置在一起，这种手法更加强调分析而非综合。在某些方面预示着自然状态的分崩离析，也是《乌贼骨》所呈现的主要特点。现场的遗弃状态和隐隐的不安，有可能暗指现代性中人与神圣之物之间的艰难关系。

6　第三具石棺为青铜质地，诗中描绘了一位老人在燃烧的火堆旁沉睡的画面，作为死亡形象的睡眠与经久不息的火焰中的光和温暖的持续时间形成对比。除此之外，为了助燃，路人还添加了一根树枝，投入了一枚松果。

7　本诗为《石棺》系列的最后一首，主题不再是镌刻在某一石棺上的具体场景，而是普普通通的坟墓上所描绘的：平凡之人都会经历的死亡与绵延不息的生活之间的关联。而在步行者的近旁则是一个总结性的真实形象，一名前去工作的"工匠"观察着葬礼的符号，寻找某个积极的信息。

8　诗末的形象源自莱奥帕尔迪的诗句"野兔在林中跳舞"（《生活的孤独》，第 71 行）。

27

诗作别录 [1]

风与旗 [2]

山谷的螺旋线上，阵风
掀起大海苦涩的芳香
吹得你背过身，凌乱一头秀发，
在苍白的天空下，短暂纠结一团；

风贴着你的衣服
以自己的形象疾速地塑造你。
你已远去，风是怎样回到这片
山峰凌空俯视深渊的石头；

仿佛醉醺醺的怒火熄灭
眼下，摇晃着你的花园
又恢复了轻柔的
气息，溢满树木间
网状的吊床，在你无翼的飞行中。

唉，时间不可能两次以同样的方式

安排麦子生长！这称得上

幸免于难：因为，倘若真的如此，我们的童话

将会与自然一起，瞬间燃烧。

流逝永不复返，——而今又焕发生机

绮错鳞比的聚居区伸展在

斜坡一侧的凝视中

装饰着绸缎和彩旗。

世界依然存活……一阵惊愕使心跳

停止，它曾屈服于漂泊无踪的噩梦，

黄昏的使者们 [3]：不相信

饥肠辘辘之人会有一场盛宴。

"墙上伸出的树枝……" [4]

墙上伸出的树枝

就像一根日晷的

指针，短暂地，扫描着

太阳和我的事业。

你一下子就指点出暮色

并在墙面的灰泥上结出果实来

那灰泥被殷红的反光

所浸润，墙上，你伸展的

阴影的圆轮使你感到厌倦，

苍穹带给你无限的烦恼

从你身上分离出一个迷失的

烟一样的外观

并以浓密的无从驱散的

穹顶带给你重压。

但今天早上，你不再

为你的倚靠投下阴影，而你在夜里

扯下的面纱，从你的枝头

垂向某个无形的游牧部落，并在第一缕

光线下，熠熠夺目。远处

大海的平原显露

无遗，一艘三桅帆船满载着

船员和猎物，一阵风吹来

船舷倾斜，自水面滑过。

站在高处的人探出头来，发觉

甲板已照亮，而船舵

并未在水中凿出一道印痕。

1 《诗作别录》(*Altri versi*) 系 1926 年创作的一首双联诗, 为蒙塔莱在 1928 年的第二版《乌贼骨》中增加的六首作品的一部分。这首诗被放在 "乐章"(*Movimenti*) 一辑的结尾处, 并对接下来的两个小辑 "乌贼骨"(*Ossi di seppia*) 和 "地中海"(*Mediterraneo*) 预先做出回应。后两个小辑全神贯注于起始部分的祈愿式张力: 面对现实和意义之间完满、愉快关系的可能性的紧张, 面对自我参与到这种关系之中的紧张, 而 "乐章"的回应就是对这些希望的否定。

2 这首诗是蒙塔莱献给安妮塔或阿莱塔(Arletta)的众多诗篇中的第一首。安妮塔 / 阿莱塔是蒙塔莱作品中最不显眼, 但却是最重要的、激发诗人灵感的女性之一。安妮塔 / 阿莱塔真名安娜·德利·乌贝蒂(Anna degli Uberti), 20 世纪 20 年代在蒙特罗索(Monterosso)度假时常有诗人拜访。她的形象贯穿于蒙塔莱所有的诗歌单行本, 包括一些最高成就的作品, 如《相遇》(*Incontro*) 和收入《境遇》(*Le occasioni*) 一辑中的《海关官员之家》(*La casa dei doganieri*) 等。安妮塔 / 阿莱塔于 1959 年去世, 是一位年轻早逝的妙龄女子, 也是联结爱的可能性与命运的缪斯女神——带有莱奥帕尔迪式的迷人魅力和雪莱与济慈之间的浪漫关系。

3 "黄昏的使者们"(messaggeri del vespero), 即 "漂泊无踪的噩梦"(vaganti incubi)。——译者注

4 这首诗同《风与旗》一样, 都创作于 1926 年, 收于第二版《乌贼骨》之中。诗的内容关乎一天中的三个时段: 第一诗节中的黄昏、中间部分所暗指的夜晚和第二诗节的早晨, 揭示了笼罩在大自然和人类活动之上的奥秘所在。

第二辑　乌贼骨

"不要向我们询问……" [1]

不要向我们询问从我们无形的灵魂

四周加以打量的话语，它以火的字母

宣告灵魂，如藏红花一般灼灼生辉

迷失在一片尘土飞扬的草地中央。

啊，那个安然离去之人，

友善地对待他人和自己 [2]，

他的影子毫不在意，三伏天

留在一堵残垣上的印记！

不要向我们索取世界为你开启门户的程序，

那不过是，几个歪歪扭扭的音节，干巴一如树枝。

只有在今天我们才能告诉你这些，

我们不是什么，我们不想要什么 [3]。

1　这首诗创作于 1923 年 7 月 10 日，开篇的安排使得整首诗
具有诗歌宣言的意味。在诗中，蒙塔莱代表了新一代迷惘的、
丧失了任何积极的确定性的诗人（诗中因而使用了第一人称复
数"我们"），向读者（诗中的"你"）坦承，自己不再有任何
确定性的信息可以提供。

2 "友善地对待他人和自己"（agli altri ed a se stesso amico），即以平和的心境对待自己和外部世界。这两种品质，恰恰是诗人和同时代最敏锐者身上所缺乏的。

3 这一句两次用到否定副词，原文中均为斜体：ciò che *non* siamo, ciò che *non* vogliamo，这里考虑到汉语表达习惯，以楷体代替。——译者注

"苍白而全神贯注的午休……" [1]

在一堵炙热的菜园墙边
苍白无力，全神贯注的午休，
倾听荆棘和灌木丛中
乌鸫的咯咯声，蛇的窸窸窣窣。

窥视土壤的裂隙或
野豌豆上一排排的红蚂蚁
现如今在微茫的麦垛的顶端
队伍散乱，绞作一团。

观察枝叶间的颤动
远处海面上的鳞片
而自光秃秃的山顶上
响起知了颤抖的吱吱声。

进入光芒四射的太阳
感受到悲哀的惊奇
犹如整个生命和它的痛苦
其中，一堵墙绵延不绝

墙头有锋利的玻璃碎片。

1　这首诗创作于 1916 年，或为全诗集中年代最久远的一首作品，该诗同样强调了风景主题的重要性。

"不要躲入阴影……" [1]

不要躲入那草木
腹地的阴影
如同俯冲而下的游隼
热浪中的闪电。

是时候离开营养不良的
甘蔗田了,它们看上去昏昏欲睡
是时候打量分崩离析的
生命形式了。

我们在一粒珍珠贝母般
震动的尘埃中前行,
在吞没双眼的
炫光中略显疲惫。

然而,在这个不舒服的时刻,在变得
慵懒的干旱的波浪的游戏中,感受它,
我们莫非已经投身于一个无尽的旋涡
我们漂泊无主的生命。

像那道悬崖上的回廊

似乎在云雾的蛛网中

自行松脱；

我们如此这般燃烧的灵魂

里面，一堆满是灰烬的火

燃烧着幻觉

迷失在某种确定性的

宁静中：光。

1　这首诗的创作时间可追溯到 1922 年，是"乌贼骨"系列中少有的呼唤某位女性对话者在场的作品之一；因此，这首诗预示着后文出现的明显的爱情脉络：有着丰富的线索和多样化的主题，但尚未很好地定性与融合。

"我再度回忆起你的微笑……"

—— 致 K[1]

我再度回忆起你的微笑，对我来说，它是河滩

石子堆上偶尔瞥见的一汪清澈的水，

一面微弱的镜子，常春藤在其中凝视着它的伞状花序；

而在这一切之上，是宁静的白色天空的怀抱。

这便是我的记忆；我不知如何说才好，哦，远方的人，

无论你的面容是否流露出一颗自由天真的灵魂，

或者，你置身于真正的流浪者之列，人世间的恶耗尽了你，

像佩戴着护身符一样，他们随身携带着自己的痛苦。

但我可以告诉你的是，你若有所思的形象

将任性的悲伤淹没在平静的波浪中，

你的模样渗入我灰色的记忆

朴素得如同年青的棕榈树冠一般……

1　这里的 K 当指博里斯·克尼亚塞夫（Boris Kniaseff），当时活跃
在意大利的俄罗斯舞蹈家，蒙塔莱在好友弗朗西斯科·梅西纳家中
与其相识。——译者注

"我的生活，于你，我不寻求……" [1]

我的生活，于你，我不寻求固定的

轮廓，值得赞许的面孔或财产。

而今，在你不安的流逝中，蜂蜜

和苦艾酒有着同样的味道。

心鄙视每一种冲动

很少因惊跳而仓皇。

这就如同乡村的寂静中，

有时会响起一声枪响 [2]。

1　这首诗创作于 1923 年 12 月 11 日，有力地描述了存在上的
不安全感和情感上忧虑不安的状态，全诗以简短的格言警句式
的结构宣告了"生活之恶"。

2　诗人在此使用了一个有力的比喻，以示罕见的情感在"我"
心中产生了同样的效果。其中，"乡村的寂静"表达了"我"
惯常的平静，而"枪响"则描绘了情绪波动的转瞬即逝。

"请带给我向日葵……" [1]

请带给我向日葵，我会把它移栽
在我被盐碱灼烧过的土地上
整天对着天空的蓝色镜子
展示它黄色面孔的焦虑。

晦涩难懂的东西倾向于清晰。
身体在色彩的流动中精疲力竭：
这些音乐中的色彩。消隐
乃运气的命运。

劳驾，请带给我那株绿植，它通往
金发碧眼的透明性袅袅升起
和生命的本质蒸腾之地；
请带给我向日葵疯狂的光。

1　这首诗有可能创作于 1923 年 6 月，系蒙塔莱追随象征主义
诗歌之路的极端个例。

"常常，生活之恶……" [1]

我常常遭遇生活之恶：

那是被扼住咽喉的溪流发出的汩汩声，

是干枯的叶片

蜷作一团，是马匹重重摔倒在地。

我毫不惊讶地发现

唯有神圣的冷漠的显现：

正午昏昏欲睡的

雕像，云，和在高空翱翔的鹰。

1　这首诗有可能创作于 1924 年，风格上表现出莱奥帕尔迪和
但丁的双重影响。在大自然看似快乐的地平线上寻找痛苦显然
是莱奥帕尔迪式的，空间上恶（卑劣与下降）和善（上升）的
对立则是但丁式的，诗中还包含着蒙塔莱对于世界谚语式的宣
言——"生活之恶"。

"昔日，你们对我的了解……"[1]

昔日，你们对我的了解

不过徒有其表，

（那是）我们人类的运气

披在身上的僧袍。

那或许是画布之外

宁静的蓝色；

只有一个封条

阻挠着清澈的天空。

哦，我的生命中的确

有这般怪诞的变化。

我将再也无法看到一片

被灼烧的泥土自我绽放。

因此，这副皮囊依然保留着

我真正的实质。

未曾熄灭的火焰

对我来说，这称之为：无知[2]。

倘若你们看到一个影子，那并非

一个影子——而是我。

你可以从我身上摘走它

作为献给你们的礼物。

1 这首诗在1922—1924年间创作，具体年份不详，其他如目标和主题等多个方面也极不确定。

2 "无知"，即我的内在本质，超越了外在表面的自我认同。

"那里，特里同涌出……" [1]

那里，特里同自波涛中 [2]

涌出，浪涛拍打着

一座基督教圣殿的

门槛，即将来临的每时每刻

都是古老的。每个踌躇

都手牵手

像女朋友一样。

那里，没有人在张望

或驻足倾听

彼时，你身处原点

心意萌动是愚蠢的：

稍后你会动身离开，

好呈现一张人脸。

1 这首诗代表着主体与置身于危机背后的世界之间身份认同
阶段中，某个微小却很典型的时刻（可追溯到 1923 年），这一
危机构成了"乌贼骨"的重大发现和核心主题。

2 第一句中的"那里"（Là），指利古里亚海边的一个小村庄。

韦内雷港（Portovenere），毗邻如今的风景名胜"五渔村"，又被称为"第六村"。在诗人创作这首诗的年代，韦内雷港因其偏远和道路艰险而难以抵达，诗人需要提前数天写信联络，才能乘船前往。"特里同"（il Tritone）为一条溪流，汇入韦内雷港，其名源自古希腊神话，原指半人半鱼的海神。

"我知道，当最无动于衷的脸……" [1]

我知道，当最无动于衷的脸

被一张冷酷的鬼脸刺穿：

一种无形的痛苦已经短暂地显露出来。

却在熙攘大街上的人群中难得一见。

你们，我的话语，徒然背叛了秘密的

咬合，在心中吹拂的风。

最真实的理由属于缄默不语者。

呜咽的歌是一首和平之歌。

1　这首诗约创作于 1924 年，是"乌贼骨"系列中"最斯巴尔
巴罗味道"的诗作之一：主体的游离状态，置身于陌生人群中
的城市环境，以及对自我所经历的突如其来的焦虑危机的特写。

"横陈的正午的荣耀……"[1]

横陈的正午的荣耀

当树木不再投下影子，

一点一滴地，因为过强的光线，

它们的周遭呈现出栗色的外观。

太阳，高高在上——一片干枯的河滩。

我的日子还没有过去：

最美好的时光在矮墙之外

封闭在一道褪色的晚霞中。

酷热，无处不在；一只翠鸟

盘旋于生命的遗迹之上。

荒凉之外，一阵及时雨，

却在等待中有着更为充实的快乐。

1　这首诗可能创作于 1923 年 11 月 19 日。在 1924 年 8 月 12
日致友人安哲罗·巴里尔（Angelo Barile）的信中，蒙塔莱称
这首诗是"对我来说最好的，也是我唯一真正喜欢的"。

"幸福光顾……" [1]

幸福光顾，因你

而漫步于刀刃之上。

对眼睛来说，你是闪烁不定的微光。

脚下，紧张的冰面显出裂缝。

因此，不要触碰最爱你的人。

倘若你遇到被悲伤入侵的

灵魂，试着让它变得明亮，你的清晨

甜蜜又心绪不宁，如同檐下的巢穴。

但没有任何东西可以弥补孩子的哭泣

（他的）气球飘失在屋宇间。

1　这首诗可能创作于 1924 年。如果说前一首诗考虑的是"必
将到来的幸福"，那么，这首诗关注的则是"实现了的幸福"。

"芦苇丛再度升起它的伞状花序……"[1]

在尚未磨损的宁静中

芦苇丛再度升起它的伞状花序:

饥渴的果园将刚硬的枝条伸出封闭的

庇护所,直抵水泄不通的闷热。

一小时的等待在天空中升起,虚无缥缈。

从灰暗的海面上。

水面上的一树云彩

生长,而后坍塌,如同余烬。

你缺席,如同遁迹在这片你莅临

的地域,没有你便空自消磨:

你远在天边,然而,一切自它的

沟壑中溢出,飞速消散,隐遁于雾中。

---

1 这首诗可能创作于 1924 年,内容与安妮塔的形象有关,可与《风与旗》(*Vento e bandiere*)互参。这首诗一开篇便汇集了蒙塔莱诗歌世界的典型意象(芦苇丛、花园、夏天的日晷、大海),并延伸到后续的诗行当中,以缺席的女性的主题及其或多或少的有效征兆为标志:这份"遗产"(即这一主题及其线索)

将会在《乌贼骨》的其他一些诗作［如《三角洲》(*Delta*)和《相遇》，以及后续的单行本《境遇》］中的爱情诗篇中得以展现。安妮塔作为诗人的灵感来源，也与某些神话人物形象联系起来，如冥后珀尔塞福涅（Proserpina）、达芙妮（Dafne）和欧律狄刻（Euridice），从而显现出其"恶魔般的、冥府本质"。

"也许某个清晨迈入……"[1]

也许某个清晨迈入干旱的、玻璃般的

空气，蓦然回首，我将目睹奇迹功德圆满：

我背后的虚无，我身后的

空落，带着醉醺醺的恐怖。

然后，就像在屏幕上一样，出于惯常的

欺骗，他们会一下子营造出绿树、屋舍、山丘。

但一切为时已晚；我将带着我的秘密，

悄悄地走入那些毫不回头的人群当中。

1　这首诗创作于 1923 年 7 月，充满了文化意涵，但不失蒙塔
莱的固有风格。按照诗人桑圭内蒂（Edoardo Sanguineti）的理
解，这首诗在很大程度上追随了陀思妥耶夫斯基以及俄罗斯存
在主义者如舍斯托夫等人的足迹；就此而言，这首诗还受到了
诸如皮兰德娄的影响。另外，"虚无的发现"作为一大文学主题，
以一种深刻的方式跨越了 19—20 世纪的欧洲文化，因此，从
对同一个文化景观的分享中，区分诗人到底具体受到谁的影响，
并不总是那么容易。

"瓦尔莫比亚，你的尽头……"[1]

瓦尔莫比亚，你的尽头，怒放的
云朵议论着微风中的植被。
遗忘的世界，在我们身上，盲目的命运的
面孔，诞生了。

寂静的枪声，在孤独的子宫里发不出
任何声响，除了声音嘶哑的莱诺河。
草茎上绽放出一枚烟火，在空中
微弱地啜泣。

整个明亮的夜晚是一场黎明，
将狐狸带入我的洞穴。
瓦尔莫比亚，一个名字——而今，在苍白的
记忆中，不落文字的土地。

1　这首诗重现了 1924 年 7 月 11 日诗人在大战前线的亲身经历。当时，蒙塔莱负责指挥位于意大利北部特伦托省的小镇瓦拉尔萨（Vallarsa）的一个前哨，而该前哨的具体所在地即瓦尔莫比亚村（Valmorbia）。这首诗是"乌贼骨"当中唯一一首关于冲突主题的诗，《境遇》中的《短诗》（Mottetti）一辑中，有两首更生动的诗同样是这一主题。这首诗精彩再现了诗人的战争经历，与其他描写战争前线的诗人，如意大利诗人雷博拉（Clemente Rebora）、翁加雷蒂（Giuseppe Ungaretti）和奥地利诗人特拉克尔（Georg Trakl）作品中的悲剧性表达方式相去甚远。

"你的手指试了试键盘……"[1]

你的手指试了试键盘

你的眼睛读出了书页上

不可能的音符；而每一个和弦

都是破碎的，犹如哀悼之声。

我意识到，周遭的一切变得柔软

在你受阻的、手无寸铁的、无助的相遇中

那最是你的语言：虚掩的玻璃

窗外，澄澈的海滩传来沙沙声。

蓝色的窗棂间，蝴蝶的舞蹈

转瞬即逝；一根树枝在日光下摇晃。

没有任何近旁的事物找得到自己的话语，

而它是我的，我们的[2]，你甜蜜的无知[3]。

1　这首诗写于 1924 年 6 月 18 日，系献给宝拉·尼克莉女士
的第二首诗。

2　末一句的"我们的"（nostro），原文为斜体，这里以楷体代
替。——译者注

3   表演者的"无知",被定义为"甜蜜的",从而确定了这首诗柔情和献殷勤的性质,这一"无知"为诗人所分享,并被认为是两人之间深度默契的关键所在("我们的",突出强调了文本的情感特征,并暗示了更为亲密和强烈的语气)。

"河岸上孩子们的法兰多拉舞……" [1]

河岸上孩子们的法兰多拉舞 [2]

是热浪中迸发出的活力。

稀疏的芦苇和荆棘丛中，一簇簇的

人类自纯净的空气中成长。

行路者感受到脱离古老的

根基犹如一场折磨。

在幸福的海岸上，蓬勃的黄金时代，

即便一个名字，一件衣服，也是某种恶习。

1　这首诗可能创作于 1924 年。该诗集中了"乌贼骨"当中的
两个伟大主题：作为存在对等物的风景的贫瘠，成人世界与大
自然的和谐之间的痛苦断裂。在长度相等的四个诗句（每句由
两个诗行组成）中，诗人以极为简洁的手法描绘了童年时代的
结束。

2　法兰多拉舞（la farandola），一种流行于法国南部普罗旺斯
的民间舞蹈。——译者注

"风中微弱的叉铃声……" [1]

风中，一只离群索居的蝉
微弱的叉铃声
叉铃一经晃动，即告黯淡。
在那散发的倦怠中。

自纵深处，隐秘的脉络
从我们身上开始
分叉：我们的世界
勉强维持着。

如果你提起它，腐烂的
遗迹在灰色的空气中
颤抖
虚无并未再度吞咽。

于是，姿态归于乌有，
每一种声音都陷入沉默，
贫瘠的生活
下降到它的河口。

1 这首诗可能是"乌贼骨"中最早创作的作品之一，但具体创作日期不详。本诗是诗人对世界的消极性和主体的无力感所做的多重诊断中的一种。

叉铃（sistro），古埃及的一种打击乐器，一译"西斯特尔叉铃"。——译者注

"井口的辘轳发出嘎吱声……"[1]

井口的辘轳发出嘎吱声

水升到光亮处，并融化其中。

记忆在满溢的桶中颤抖，

一道形象，在明净的圈纹中微笑。

我将脸贴近虚幻的嘴唇：

过去变了形，变得衰老，

属于另一位……

               轮轴已发出

尖叫，将你带回另一个底部，

幻象，一段距离使我们彼此分离。

1　这首诗可能创作于 1924 年，是"乌贼骨"系列中最受读者
关注的诗作之一。本诗所涉及的意象（水井、圈纹、过去、辘轳
和幻象）发挥了强有力的暗示作用，涉及原型维度、深层心理
维度和文化维度。

"停泊在焦烫的海岸……" [1]

纸板船停泊在焦烫的

海岸，睡吧，

小小船长：这样你就听不到

成群结队航行的恶灵。

在小菜园的围栏中，神出鬼没的猫头鹰

和屋顶的炊烟是砝码。

毁掉几个月来缓慢工作的时刻

降临了：时而让秘密显出裂纹，时而在一阵风中灰

　　飞烟灭。

裂缝显现；也许不值得大惊小怪。

曾经的建造者聆听对自己的宣判。

这是唯有系泊之舟得救的时刻。

篱笆间停靠着你的舰队。

1　这首诗创作于 1924 年 8 月 24 日。正如在其他同时
期创作的主要作品［如"地中海"和《告别童年》(*Fine
dell'infanzia*)］中所表现的那样，诗中证实了从倒退的童年和

恐慌的世界过渡到不和谐的成人世界之间的关键区域的联系。在此,危险的状况和威胁性的气候表现在对破坏性事件的预期,以及对任何建设均属徒劳的感知中。

"戴胜，被诽谤的欢乐的鸟儿……" [1]

戴胜，被诗人们诽谤的

欢乐的鸟儿，你在鸡舍

悬空的木棍上方转动羽冠

犹如一只迎风踱步的假公鸡；

春天的使者，戴胜，似乎

对你而言，时间静止不动，

二月不再赴死，

似乎周遭的一切都在延伸，

围绕你头颅的转动，

生着翅翼的小精灵，而你对之视若无物。

1 这首诗的写作对象为戴胜，是蒙塔莱第一本诗集当中众多
鸟类中的一种，它被赋予了神圣的责任，同时又被描绘成一个
有益的"小精灵"（folletto）。这首诗的出发点与《柠檬》相同，
即颠覆了"桂冠诗人"这一传统主题，在前者那里选择的意象
是珍稀植物，在这里则是对戴胜哀伤的描述。

"装饰有历史故事的墙壁上……"[1]

装饰有历史故事的墙壁

掩映着几把稀稀落落的椅子

墙上，天空的拱门显露出

有限的形式。

谁还记得世界的血管中

那场猛烈

燃烧的大火——在清冷的

休憩中，不透明的形式，四下散落。

明天，我会去眺望码头

长墙和陈旧的大路。

在自行开放的未来，清晨

船舶一般停泊在港湾。

1 这首诗是"乌贼骨"系列的收官之作，手稿已无从查找，创作的日期也难以确定。但是，"乌贼骨"系列的部分主题仍在这首诗中得到有效的呈现：自然现象的完美与冷漠，生命体验的重复性受阻，还包括在模糊而平静的选择中对未来毫无预设的开放性。

第三辑　地中海[1]

1　第三辑"地中海"和其他部分不同，与其说是组诗，还不如说是一首"小长诗"（poemetto）来得更为恰当。诗的九个部分，更像是九首"乐章"（movimenti），联璧而成一首交响乐。事实上，组成整个"地中海"的大约二百五十个诗行，无论是形式上还是主题、叙事发展和哲学性上，均表现出统一性和多样性并存的形态。

"自旋风中降临……" [1]

一阵刺耳尖酸的声音

自旋风中降临

我低垂的头颅。

它灼伤大地，穿过

海松歪歪扭扭的树荫

抵达大海，闷热，而非树枝

笼罩着它的尽头，放眼望去，闷热不时

自劈裂的大地喷薄而出。

当旋转水流的咆哮声变得

微弱或黯淡

沿着长长的浅滩，我看到：

岩石上泡沫时而激起一阵喧嚣

时而落下一阵雨点。

当我仰起脸，奇怪的叫声

在我的头顶戛然而止；白色的箭

射向迷人的

水域，两只松鸦。

1　第一乐章展示了本辑小长诗中所描述的故事的主角：主体和大海。读者早已熟悉的"乌贼骨"一辑里，大海被设置在夏日风景中，这里，"我"被描绘成一种有着沉思和回忆的初始姿势：低着头，而后抬头眺望，仿佛在后续的乐章中即将展开对峙。

"古老的（大海），我醉心于声音……"[1]

古老的（大海），我醉心于你纷纭嘴巴中

发出的声音，当它们犹如绿色的群钟

开放，重又向后

扑倒，消散开来。

我遥远的夏日的家

就在你的近旁，你知道的，

那边，在太阳炙晒和空中

蚊子云集的乡下。

宛如当初，今日我在你的面前石化[2]，

大海，但我不配

我感受到你气息中的

庄严告诫。你曾第一个告诉我

我心中小小的

激情仅是你的

一瞬；你危险的法则

曾在我的内心深处：辽阔，迥异

而确凿：从而清空我所有的污秽

就像你所做的那样，在混合着

软木浮标、海藻、海星的海滩上

拍打着你的深渊无用的废墟。

1 继作为"序曲"的第一乐章之后，第二乐章开始了两种不同的时间状态之间的对抗：一种是现在，其存在的困境眼下仅仅得到了暗示；一种是过去，与大自然和谐相处。同大海的关系，作为自我的这一状况的镜像和形象，在乐章开篇处就被设定于中心地位。

因照顾中文读者的思维习惯，以便于理解，括号中的"大海"系译者所加，作品首句同。——译者注

2 这里诗人用到一个动词："石化"（impietro），其对应的意大利语动词原形为 impietrare，其作为不及物动词的含义有两个：（1）"石化"；（2）"麻木""发呆"，具体到这里的含义，注释家认为应当理解为"石化"之意，而非惯常使用的"发呆"之意，该词的用法系诗人对但丁《神曲·地狱篇》第三十三歌第 49 行中 "Io non piangea, sì dentro impetrai"（我不哭泣，我的内心已硬如磐石）中 "impetrai" 的化用。——译者注

"有时，下降……"[1]

而今，干旱的山坡

有时会从使它们

变得肿胀的

湿润的秋季向下延伸，

季节的车轮和毫不留情的

时间的水滴已在

我的心中荡然无存；

好吧，然而，我的灵魂

被对你的预感所填满，

先前一动不动的、喘息的

空气中的惊喜，

曾为小径镶上边儿的岩石上的空气。

现在，我提醒自己，这块石头

像要把自个儿撕裂，这块伸展到

一个无形的怀抱中的石头；

坚硬的物质感受到

下一个旋涡，周身悸动；

而贪婪的芦苇丛

颤抖着，向隐藏的

水域表达着，某种赞许。

你拯救了浩瀚的世界

甚至于石头的痛苦：

因为，你的欢腾是有限者

正当的无动于衷。

我在满地的石子间俯身，

咸味的阵风吹拂着

我的心；海的

边缘是一场环形游戏。

带着这份喜悦，迷途的

凤头麦鸡，从幽闭的山谷

冲下海滩。

1 第三乐章继续并加深了同作为宇宙身份的大海的愉悦关系
的追忆，并与迥异、截然相反的现在进行对照。昔日的"喜悦"
（gioia，第 29 行）在于以海的"浩瀚"（vastità，第 21 行）的
名义协调生者的痛苦的可能性。实际上，这段文字以"乌贼骨"
系列中早已多次书写过的方式谴责"生活之罪恶"，与此同时，
也以大海所描绘的普遍性的名义代表着对这种罪恶的补偿甚至
救赎（参看第 21、22 行）。

"有时，我会驻足于岩洞……" [1]

有时，我会驻足于接纳你的

岩洞，或宽阔

或狭窄，阴暗而苦涩。

从底部望去，出口

被天空绘有底色的强有力的

建筑打上了标记。

空中隆隆作响的神殿

从你的胸口拔地而起，

神殿的塔尖投射出光芒：

纯净之蓝中的一座玻璃城

渐渐从易逝的面纱后露出真容

而它的怒号不过是一阵耳语。

梦想的祖国自波涛中诞生。

因此，父亲，自你的无拘无束

你向观瞧者，伸张着你严正的法则。

逃避它是徒劳的：如果我跃跃欲试

就连我涉足之途上的一颗被侵蚀的

砾石也会谴责我，

无名的石化的蒙难

或生命的洪流抛入

枝叶和杂草丛中的

无定形的残骸。

在万事俱备的命运中

对我而言，或许有一个停顿，

没有谁能威胁它。

波涛在它无序的愤怒中重复着这一点，

风平浪静的线索不住地诉说着这一点。

1　如果说前两个乐章定义了抒情主体和大海之间的深度的默契，那么，在第四乐章中，诗人则试图将这一和谐置于社会与文明的坐标中。大海在此成为乌托邦之"城"与"梦想的祖国"（第10、13行）的象征。

"有时，会不期而至……"

有时，你冷酷的心

令我们心惊胆战、与我们分道扬镳的

时刻会不期而至。

于我，你的音乐毫不协调，

你每一个声调的变换都充满敌意。

我自我祈求，空洞的

力量，你的声音似乎变得暗哑。

我凝视那

向你倾斜的砾石

直至凌空俯视你的陡峭悬崖，

土黄，松脆，被滂沱的

雨水冲刷出道道犁沟。

我的生命就是这面干燥的斜坡，

居于尚未完结的中途，向着溪流的

出口延伸的道路，缓慢的塌方。

就是它，依然是这株植物

在蹂躏中降生

迎面承受大海的击打，并在风

飘忽无踪的力量中悬空。

这片不毛之地

因一朵雏菊的降生而皴裂。

面对冒犯的大海，我在它的身上变得迟疑，

沉默在我的生活中依然缺席。

我定睛观瞧熠熠生辉的大地，

空气如许宁静，以至于变得黯淡。

而这在我体内生长的

或许是每一个儿子

对于父亲，大海的敌意。

1　第五乐章是整组诗的中心，之前的乐章（尤其是第四乐章）
所预示的危机爆发了。大海的"非人"之心与有限存在者之心
"分道扬镳"（si divide），"我"和整体之间的和谐被打破，主
体不服从大海，而是从暴露于大海破坏性的愤怒面前的脆弱的
生存中——向海面塌方的"斜坡"和挣扎着抵御元素之力的植
物——认识自我。

"我们不知道，我们会拥有怎样的……" [1]

我们不知道，我们会拥有怎样的

明天，晦暗抑或心旷神怡；

或许，我们的道路

会将我们引向未曾污染的林中空地

那里，永恒的青春之水发出潺潺的声响；

或许，那条路会向下延伸

直至无尽的幽谷

在黑暗中，丧失对清晨的记忆。

或许，依然有异乡的土地

愿意收留我们：我们将丧失

太阳的记忆，叮叮当当的韵律

会从我们的头脑中陨落。

哦，因此，这则表现我们

生活的寓言，会突然

变成无人讲述的阴郁历史 [2]。

然而，父亲，有一件事你委托给

我们，那就是：你的一件小小礼物，

在音节中永远传递，

我们随身携带的，嗡嗡嘤嘤的蜜蜂。

我们动身远行，保守着

你的一段回声，犹如记起

阳光下灰色的野草

在交叠的屋宇间，阴沉的庭院里。

有一天，这些喧嚣全无的话语，

我们与你一道滋养，沉浸于

疲惫与沉默，

将显现给一颗善意的心灵

带着希腊盐的滋味。

1 经过第二至第四乐章一长串的不完美，经过第五乐章中的破坏性现对撕裂感的强调，未来的空间得以在第六乐章开启。在脱离了大海和它的法则之后，作为主体的诗人把未来想象成一个从"寓言"（favola）到"历史"（storia）的危险通道（第13—15行），也就是说，从自然无差别的神话维度到个体身份认同感及其困境的维度。

2 我们的生命构成的神话状态，将突然变成无法讲述的黑暗和悲伤的历史，也就是说，在失去了与大海的联系之后，生命将失去其原始的神话状态，并因此失去自我表现的可能性：它将进入没有诗意的陈腐历史。

"我本想感受粗糙和本质……" [1]

我本想感受粗糙和本质

就像你曾席卷的鹅卵石，

被盐渍所侵蚀；

时间之外的碎片，见证

那永不消失的冷漠意志。

另一个曾经的我：一个聚精会神地

关注自我，他人身上，

转瞬即逝的生命的沸腾之人——一个行动上

迟缓的人，而后，无人摧毁的人。

我渴望寻找那蛀蚀

世间的恶，阻滞万有

装置的杠杆上的

小小缺陷；我曾目睹

所有转瞬即逝的事件

犹如在崩溃中恭候脱节。

顺着一条路的辙痕，心中生起截然对立的

东西，连同它的邀请；或许，我需要

那切割的刀，

坚定和果决的头脑。

对我而言，还需要其他的

书籍，而非你咆哮的书页。

但我知道，没什么可痛惜的：你以你的

歌声溶解了内心的疙瘩。

眼下，你的狂热已直入云霄。

1 第七乐章标志着一个反省和怀旧的回归时刻。一方面，主体遗憾的是，他在大海的教训下培养起自己的感受力，以便学习包容的逻辑，而非选择的能力，也就是说，主体所遗憾的，在于他不知道如何承担个体身份认同所带来的选择的责任。另一方面，他仍然寄希望于依赖大海自身的重组能力，在海的面前，无须做出选择，因为所有的矛盾都是统一的。如此一来，就出现了一个以优柔寡断和痛心疾首为特征的人物。与此同时，人们见证了暂时的放弃，这种放弃仍然可以被视为与大海关系的特征。然而，种种迹象表明，这种脱离而今是不可弥补的。

"我至少可以收紧……" [1]

我至少可以收紧

在我举步维艰的节奏中

你些微的谵妄；

假使我结结巴巴的诉说

与你的话语和谐无碍——

我曾梦想绑架你

咸涩的话语

话语里，自然与艺术融为一体，

好让我痛快淋漓地喊出

一个不应思索的老小孩的忧郁。

而我只有词典里敝旧的

字母，和变得沙哑的

爱所支配的言词 [2]，

成为哀怨的文学。

我只有这些话

就像妓女一样

供那些索求者享用；

我只有这些疲惫的句子

坏蛋 [3] 学生甚至明天就会

从我身上偷走，写出真正的诗行。

你的喧嚣愈发震耳，新的蓝色的

影子兀自膨胀。

我的思想放弃了对我的检验。

我感官尽失；一无所感。我无有局限。

1 在第八乐章中，诗人对自己的诗艺进行了反思，同样的主题已在此前的乐章（尤其是第六乐章）中进行过处理。然而，创作一首能够继承和重新鼓荡起海的品质的诗歌的梦想，从而能够象征性地融合自然和艺术的梦想，未能实现。

2 此处诗人意在表达，由爱内在支配的神秘灵感之声变得更加微弱。有评论家认为这里是对但丁《神曲·天堂·炼狱篇》第二十四歌第52—54行的化用："我是这样的人，当 / 爱在我身上呼吸时，我注意到，并以这种方式 / 在我内心坚定地表达"（I'mi son un che, quando /Amore mi spira, noto, e a quel modo / ch'è ditta dentro vo significando», Purg. XXIV, vv. 52-54）。

3 诗人在这里使用了讽刺和夸张的手法，"坏蛋"（canagli）真实的含义应当是"无耻、不择手段"，评论家孔蒂尼（Contini）认为，诗人在这里采用的形象和语气源自卡尔杜齐（Carducci）。

"如果你愿意，请驱散……" [1]

如果你愿意，请驱散

这脆弱的生命，满是哀怨，

一如海绵抹去黑板上

昙花一现的笔画。

我期待着回到你的圆环中，

我迷途的跋涉方得以满全。

我的到来曾是旅途中

我久已忘却的某种秩序的见证，

我的这番话语对于某个不可能的

事件宣誓效忠，却对它一无所知。

总是恍惚间听到

涌向岸边时你温柔的流波

惊喜一如

某个健忘之人

当他猛然回忆起自己的家乡。

我聆听的教导

更多地来自你辽阔的

荣耀，来自某个

荒凉的正午你近乎

悄无声息的喘息，

于你，我谦卑地交托自己。它们并非

酒神杖 [2] 上闪烁的火花。我心知肚明：燃烧，

确系我意，别无他图。

1　第九乐章乃整组诗的终篇，它承接和统一了同大海的关系的两个方面，这一关系在此前的篇章中已揭示：一方面，大海是失落的原始神话，是对个体不得不与之脱离的大自然的一视同仁；另一方面，则是自我的深层记忆，是可能的和谐的典范。

2　原文为"tirso"，系指酒神女祭司手中所执酒神杖，顶端为松果形状，但用在这里似难以理解。评论家孔蒂尼认为，"tirso"当为"tizzo"（燃烧的木棒）之误，此类不当使用词语的方式在蒙塔莱的诗中偶有表现，不过也有可能是蒙塔莱在这里有意使用某种相似的拟声词，即在上下文语境中，选择语音相似且语义相当的词。

第四辑　正午与阴影

告别童年 [1]

轰隆作响，一片脉动的
大海，波浪的凹陷，翻卷的，
絮状泡沫纵横交错的大海，
在弓形的悬崖间化作海湾。
漫溢的洪流
冲荡入海的地方
波浪泛起黄色。
纠结一团的藻类和随波逐流的
树干漫卷着漂向广阔的海面。

沙滩上好客的
洼地里
仅有几座猩红的
旧砖砌就的房子，
日益苍白的
柽柳稀疏的
长发；发育不良的生物
迷失在恐怖的幻象中。
对于从备感担忧的外表

看出端详者而言
打量它们可一点也不轻松
不安的灵魂的音乐
无法斩钉截铁。

纯净的山丘环绕着周遭的
沙滩和房屋；橄榄树掩映其间
此起彼伏，散落如同羊群，
或者，浅淡得犹如农舍的炊烟
掠过
天空耀眼的面孔。

成片的葡萄园和松林间，
座座小丘上光秃秃的石堆，
凹凸不平的背脊
清晰在望：有人
端坐骡背途经此地
被永远定格在漂洗过的
蓝色中，记忆中

鲜有人越过那座座山峰
相邻的山脊；就连疲惫的记忆
也未尝斗胆逾越。

我知道，道路经过深陷的

沟渠，杂乱的荆棘；

通往林中空地，而后穿过道道溪流，

依然朝着霉菌，

笼盖的阴影和沉默

潮湿的幽深之处伸展。

我依然不可思议地想念着一个人

在那里，每一次人性的冲动

似乎被埋葬在

洪荒的气息中。

偶尔几缕微风令人惊诧地

沿着海岸直吹到世界的边缘。

然而，有人从山路返身。

这些山路通向未知面貌

某种反复无常的盛衰，

而支配它们的节奏却让我们捉摸不透。

每个时刻都曾在未来的

瞬间燃烧，毫无踪迹。

生活原本是太过新鲜的冒险，

片刻相续，打动人心。

并无规则，

确然的轨迹，比较，

将欢乐与悲伤加以区分。

然而，他们[2]被从羊肠小道重新

领回海边的家，领回我们惊奇的

童年那封闭的庇护所，

外在的同意

快速回应着灵魂的每一次

冲动，事物披上名称的

外衣，我们的世界原本有一个中心[3]。

我们正当处子之龄

那时，云彩并非密码或缩略语

而是美丽的姐妹，往来悠游，相互打量。

大自然似乎源自

其他的种子，其他汁液的滋养，

而非我们的，软弱的种子和汁液。

在她[4]里面庇护，在她里面

灵魂出窍地凝视；大自然，

我们迷茫的灵魂从不梦寐以求，

或难以抵达的奇迹。

那时我们处于异想天开的年纪。

流年短如时日，转瞬即逝，

淹没了每一个确定性，一片繁荣

贪婪的大海，而今呈现出

颤抖的柽柳多疑的外表。

曙光必定升起，磨得锃亮的

门槛上的一道

光线预示着，我们犹如一滴水；

而我们，当然是跑过

花园的碎石路

打开吱呀作响的门扉。

错觉于我们而言显而易见。

浑浊的海水在我们脸上

沸腾，其上，厚重的云层很快显露出来。

空中弥漫的是对

一场汹涌的事件的期待。

就连它，童年的坐标

也远离了，它探索留有标记的

庭院宛如探索一个世界！

对我们而言，调查的时刻 5 业已来临。

童年以一种迂回的方式死去。

啊，芦苇荡里的食人游戏，

棕榈叶的假胡子，用

空弹壳采集的美味！

美好的岁月如海面上满帆的

小船飞逝。

当然，我们无声地等候

狂飙的瞬间；

而后故作镇静

凹陷的水面上

风凌空而至。

1　这首诗是《乌贼骨》中最长的一首（共 109 行），开启了诗集中的第四部分，也是正文的最后一个部分：在 1925 年的第一版中命名为"正午"（*Meriggi*），1928 年第二版更名为"正午与阴影"（*Meriggi e ombre*），并增加了部分诗作，如《阿尔塞尼奥》（*Arsenio*）、《死者》（*I morti*）、《三角洲》《相遇》。"正午与阴影"与"地中海"一样，均创作于 1924 年，二者的主题也并无二致，即开始脱离神话般的童年时代与成人世界。

2　这里的"他们"，指作为行动主体的儿童。

3　内在的自我和外在的自然现象之间的对应关系是童年时期的特征，并且注定随着童年的结束而中断。

4　这里的"她"，指大自然。——译者注

5　"调查的时刻"（l'ora che indaga），即理性，而不复是通过神话般的幻想的认知阶段。

岩石上的龙舌兰 [1]

"呵，狂暴的西洛可风刮起来了……"

西洛可风

呵，狂暴的西洛可风刮起来了

焦渴的黄绿色的土壤在

灼烧；

头顶，天空苍白的

光线密集地

穿过几朵絮状的

云朵，而后消失。

一生困惑、颤抖的

时光，如指间之水

遁于无形；

无从捉摸的事件，

光-影，大地上

摇摇欲坠的事物在激荡；

哦，空气中干旱的翅翼

现在我是

扎根在岩石裂缝中的

龙舌兰

自海藻的怀抱中逃离大海

海藻张开宽阔的喉咙，紧紧攫住岩石；

而今天，在全部本质的

喧嚣中，以我尚未绽放的

闭合的蓓蕾，我感到

我的一动不动犹如一种折磨 [2]。

"而今，焦虑的循环消失了……" [3]

　　　　　　　　　　　　　　北风

而今，围绕着心湖

和物质炙烤般的浩瀚

的焦虑的循环消失了，

那使一切失色和死亡的物质。

今天，某种铁的意志澄清了空气，

将灌木连根拔起，粗暴蹂躏棕榈树，

在被抑制的海面上凿出

泡沫巨大的冠状犁沟。

每种形式都在元素的动荡中

摇晃；一声孤独的尖叫，一阵

被连根拔起的存在的咆哮：一切逝去的时光

都在分崩离析：那些在苍穹之上穿梭的

分辨不出落叶抑或飞鸟——也已不复存在。

而你，在风肆无忌惮的

泼溅声中颤抖

以尚未诞生的花朵

肿胀的双臂抱紧自己；

犹如你感觉到敌意的

精神成群结队地飞过

痉挛的大地，

我微弱的生命，犹如今天

你爱着你的根。

"复归平静……"[4]

西北风

天空复归

平静：细浪在岩石间喃喃自语。

安静的海岸上，几棵棕榈树在花园中

费力地摇晃着树梢。

一阵抚摸掠过

海的轮廓，片刻的

惊扰，轻微的呼吸在水面碎裂，又重新

开始了行程。

辽阔的空间在清澈中

发出刀片般的光芒，涟漪轻泛，而后幸福地归于平复

在它浩瀚的心灵中映照出我那可怜的

局促不安的生活。

在这迟到的轻微的陶醉中，

呵，我的躯干，你以手上绽放的

嫩芽指示每一个重生的向度，瞧：

湛蓝的

天空下，几只海鸟飞走了；

从不停歇：因为，所有的画面都携带着笔迹：

"永无止境！"

1　创作于 1922 年 7 月 15—25 日的《岩石上的龙舌兰》(*L'agave su lo scoglio*) 由一幅三联画面所构成，在时间上预示了"地中海"的叙事结构：主体与自然的关系（特别是与海上风景的关系）。这一关系通过三个典范时刻描绘出来：一动不动的煎熬、抵制元素的侵略和未来行将绽放的花朵。而自我，则是暴露于多变的气候条件下的龙舌兰身上认出了自己。

2　这种静止不动，使龙舌兰能够经受住汹涌大海的侵袭，从而使它在岩石上生根发芽，这也是一种干旱和无力的表征，由此产生了不能开花的"折磨"。整个画面似乎在质疑"冷漠"本身积极，然而却是防御性的、最终归于徒劳的价值，虽然"冷漠"在其余

的时候被标榜为抵御邪恶的唯一出路。

3　组诗的第二乐章是献给北风的，其特点是元素的愤怒和龙舌兰根脉的顽强抵抗之间的对抗，从而使得龙舌兰–人得以捍卫各自"微弱的生命"（vita sottile）。从第一乐章到第二乐章的过渡，随着风的发作，看到的是对犹豫不决的痛苦状态的克服，并以结尾部分对于根的爱和对"尚未诞生"（non ancora nati）的花蕾的捍卫，为西北风放晴后的绽放做准备。

4　伴随着西北方带来的好天气，一切又复归平静。上一幅图景中汹涌的大海形象恢复平静，龙舌兰–人（l'agave-uomo）得以在其中映照自己，辨认出自我的身份。

池 塘 [1]

颤抖的玻璃上闪过

一缕颠茄盛开的微笑，

枝叶间簇拥着云朵，

絮状和褪色的景象

从深处再度汇聚。

我们当中，有人扔出一枚石子

击碎了闪亮的帽檐：

柔软的外表破裂了。

瞧，还有别的石子爬行

在光滑的重塑的希望之上：

它并无爆发之能，

只想活着，却又不知如何活着；

若你打量它，它就会脱落 [2]，返身向下：

它出生，死亡，无名无姓。

1 《池塘》(Vasca) 创作于 1923 年 10 月 4 日，是少数作者在
第一版《乌贼骨》之后大幅删改的诗作之一，1942 年于埃诺迪
出版社（Einaudi）出版的第四版中，诗人删去了半数诗行，其

中包括整个第三节："空中的沙漠驼队依然 / 穿过那欺骗性的圆环 / 然后在那里融化 / 高处 / 纤细的转瞬即逝的涌流层出不穷。/ 他们走了，没有留下任何痕迹 / 在这个盖棺定论的世界上 / 甚至于面对另一个疆域的 / 我们的时日；/ 因为在一个圆形的 / 水面开阔的地方，犹如你狭窄的 / 内心深处，所有 / 渴望的幻想 / 皆遭羞辱；——这风中 / 放肆的灌木——而暧昧的时光 / 在你的胸中生长，并受到威胁。"

2 指从水面下沉，正如后一句所描述的，沉入底部和虚无。

田园诗 [1]

迷失在我的橄榄树波动的
烟灰色中，往昔的时光
是美好的——你争
我抢的鸟儿的叽叽喳喳
和欢唱的小河的絮语。
如同穿过脆弱的叶子
银色的薄片，
脚后跟陷入皲裂的
泥土里。太过
静谧的空气，头脑里
冒出支离的思绪。

此刻，天蓝色的波纹消失了。
本地品种的松树伸展着
击碎了灰色；
高天的一片补丁在
燃烧，步行中
一张蛛网撕裂了：它向四周
逃窜，失败的一小时。

一列火车轰鸣着驶出山洞，

不再遥远，逐渐涨大。一阵枪声

在玻璃般的苍穹之上化为齑粉。

一群飞鸟喧闹得犹如一阵豪雨，

啊，一瞬，徒然一抱

你苦涩的表皮

如风而至，又灰飞烟灭：远处

一群猎犬凶猛的吠身炸裂开来。

田园生活将很快重新降临。

倘若自天垂降的星象

重新组合，蒙眼的布条便会

轻盈地脱落……；

              稠密的芸豆

被涂去，被包裹。

迅疾的翅翼已不无用武之地，

大胆的建议也派不上用场；

庄重的蝉在这炎热的

农神节 [2] 已难以为继。

一瞬间，某个女人的外表

在茂密的绿色中进进出出。

她失踪了，她不是酒神的女祭司。

傍晚，月亮露出尖角。

我们从一无所获的

漫游中打道回府。

世界的面孔上，

再也认不出午后

持续狂热的

踪迹。我们心烦意乱地

闯入荆棘丛中。

此刻，我的家乡，

野兔开始喧闹。

1　这首诗 1923 年 9 月 19 日创作于蒙特罗索，《田园诗》
（*Egloga*）开启了三部曲的首篇，描写季节的更替和一天中时
间的推移。在这些诗作中，《乌贼骨》的读者现在已经熟知的
利古里亚风景被从彼此不同但向着同一方向汇聚的视野加以
凝视。

2　农神节（I saturnali），罗马当地纪念农神的节日，一般在
每年 12 月举办，这里引申为一切放纵的狂欢活动。这一隐喻
预示着下文对于"酒神的女祭司"（Baccante）的召唤。

流 动 [1]

孩子手持小弯弓

吓唬树洞里的鸼鹈。

那里，懒散抵达小溪，

迟钝的宁静，

星辰赐给白色道路上

奄奄一息的旅人短暂的停留。

接骨木高高的枝梢在颤抖

高耸于山丘之上

夏日的一尊雕像镇守在那里

鼻子因石子击打而残损；

其上，攀缘植物的涌流和

一阵雄峰的嗡嗡声在滋长。

而面目全非的女神 [2] 并没有探头张望

所有东西，都在向着山谷中

缓缓漂流的纸船队延伸。

空中，一支箭矢一闪而过

射在一根杆子上，在颤抖中震荡。

生活就是对陈腐事实的

挥霍，虚妄

远过残酷。

　　　　携带着

弹弓的儿童部落回来了

一个季节或一分钟转瞬即逝，

他们察觉不出死去的方面发生的变化

纵使一切都已凋零

它的枝条上已不再悬挂着

已知的果实。

——孩子们回来了……；所以，有一天

支配我们生命的

转折将指给我们遥远，

破碎而生动的过去，留在

一只未知的灯笼

照见的不动的窗帘上。——

微蓝的、雾蒙蒙的

苍穹依然在溪流

湍急的喧闹之上延伸：

唯有雕像

知晓时光的仓促并日益

藏身于鲜艳的常春藤中。

一切都在奔流而下

汹涌的渠水波涛滚滚，以致

镜面上泛起波纹：

小小的三桅船倾覆在

肥皂水的旋涡中。

别了！——石子呼啸着穿过树叶，

贪婪的命运已然远去，

时辰降临，它的面孔在重新洗牌，——

生命的残忍远胜虚妄。

1 这首诗的主题依然是"童年世界"和"告别童年"，而手稿
中的标题——《田园诗二》（*2ᵃ Egloga*）则显示出和前一首的
连续性。然而，其创作的日期要较为靠后（1924 年 8 月 9 日），
诗人更倾向于有意识的"哲学性"的描写，同时也更倾向于向
后续更为伟大的诗歌作品延展，如《阿尔塞尼奥》和《相遇》。

2 女神（la dea），在这里指作为夏天的神圣化身。

山 丘 [1]

一阵海螺声袭来

自悬崖崩裂，

落向那为迎接它

而晃动、开裂的海面。

大地溶化在激浪中的

文字，连同阴影

跌入多风的峡谷；

世界失去记忆，方能重生。

伴随着黎明的小船

阳光张开它巨大的船帆

在心中为希望找到空间。

此刻，黎明已远去，

光亮隐遁，聚集于

高处和树梢上，

一切更加集中，更近靠近

犹如透过一缕针眼看到的情形；

此刻，结局确凿无疑，

就连风也保持哑默

你感到锉刀在锯磨

捆绑着我们的不懈的链条。

犹如一阵音乐般的山崩地裂

声音落入山谷，渐渐远去。

连同这阵声响，由岩石裂缝上

干旱的旋涡汇聚的

声音一道儿消散；

远处，葡萄树丛中，

枝条的呻吟，根部的

绳索在收紧。

山丘上已无路可走，

双手紧抓着矮松的

松枝，而后，白日的光辉

颤抖着，渐渐消隐；

某种秩序下降，解除了

事物的阈限

眼下，只要求

忍耐，坚持，

满足于无尽的劳作；

塌方的石头从天而降

滚落海滩……

在方始漫延的黄昏，只听得

一阵号角的啸鸣，某种崩塌。

1 《山丘》(*Clivo*)创作于1924年9月13—15日。整个大自然，都被看作是蒙塔莱在利古里亚海景中所发现的下降和毁灭运动的不稳定的抵抗，而且不乏来自但丁《神曲·地狱篇》中的回声；这种下降具有颠覆主体的存在和道德内涵：对大地的选择和拒绝拥抱一视同仁的大海一直是"地中海"系列的痛苦成就之一。

阿尔塞尼奥 [1]

旋风扬起屋顶上的

尘土，盘旋着，在废弃的

荒凉之地，戴着风帽的马匹

嗅着大地，静静地站在

旅馆闪亮的玻璃窗前。

你降临在大街上，面朝大海

这一天

时而下雨，时而燃烧，你似乎突然

扰乱了时辰

雷同的，致密的，一阵

鞭炮的迭句。

那是另一个轨道的标志：你追随它。

你下降到地平线上，一声铅质号角

高悬其上，在旋涡的高处，

比它们更加徘徊不定：盘旋的

咸涩的雨云，被叛乱的元素

吹向云海；使你砾石上的

步履嘎吱作响，纠结的

海草令你踉跄：那一刻
或许，期待已久，以避免
结束你的旅程，链条中的
一环，一动不动地行走，哦，阿尔塞尼奥，
如如不动的无人不知的谵妄……

倾听棕榈树间小提琴
颤抖的喷射，而后销声匿迹，当雷声
连同被击打的金属板一道儿
翻滚；暴风雨是甜蜜的，当
蓝色天空中的天狼星涌出
白色的光芒，近在咫尺的黄昏似乎
仍遥不可及：闪电击打黄昏
一如修剪光中玫瑰色的
名贵的树木：茨冈人的
定音鼓发出无声的轰鸣。

你自黑暗中降临，正午仓皇地
化身黑夜，无数熠熠发光，
在海岸边摇晃的球体的黑夜——
外面，一道阴影独自支撑着
大海和天空，乙炔在四散的小渔船上
跳动——

直到颤抖的天空

雨水滴落，啜饮的泥土蒸汽缭绕，

周围的一切摇晃着你，柔软的帷帘

飘动，无垠的沙沙声掠过

大地，下面，大街上淋过雨的

纸灯笼发出咝咝声。

就这样，在滴水的柳条和

蒲席间你感到孤独，你，灯芯草，随身

拖拽着生命的根须发粘，颤抖，

从不曾轻盈过，而你伸向

某个窒息的呻吟洪亮的

空虚，古老的波涛席卷而来

大张着将你吞噬；而一切

仍会重新将你带走，大街、拱廊

船帆上的前下角索，一面面镜子，

把你禁锢在一群独一无二的冻僵的死者[2]中，

而倘若某个手势与你擦肩而过，某句话

失落在你的身旁，那或许是，阿尔塞尼奥，

在融化的时辰中，为你而出现的

哽咽的生命的征兆，和以星辰的

灰烬带走生命的风。

1　作为一首重要的诗歌作品,《阿尔塞尼奥》被单独置于"正午与阴影"的中心位置(第Ⅱ小节)。该诗最初发表于 1927 年 6 月出版的《索拉里亚》(*Solaria*)杂志上,并迅速被普拉兹(Mario Praz)翻译成英文,发表在艾略特主编的《标准》(*Criterion*)文学季刊上:这首诗是蒙塔莱首次尝试以艾略特的客观对应物(il correlativo oggettivo)手法进行创作,而作品的命运也显示出其独特之处。

"阿尔塞尼奥"(Arsenio)一名的后半部"-enio"取自诗人自己的名字"Eugenio",在诗人给尼诺·法兰克(Nino Frank)的信中提供了这一显著的证据。蒙塔莱将"阿尔塞尼奥"视作"自我的一个模糊投影"(una vaga proiezione del mio),并意在用舒曼钢琴组曲《狂欢节》(*Carnaval*)第五首《尤瑟比乌斯》(*Eusebius/ Eusebio*)中的同名人物完成自画像,而这一名字其实也是舒曼的两个笔名之一。"阿尔塞尼奥"名字的前半部分"Ars-"与 Arletta(阿莱塔)的名字前半部分相近,如前所述,1920 年夏天蒙塔莱在蒙特罗索遇到的 16 岁少女安娜·德利·乌贝蒂,后以之为灵感写下了多篇诗作,并在诗中称其为"阿莱塔"(Arletta);"Ars-"也可能与拉丁语"ars"(艺术)或《乌贼骨》中的关键概念"arso"(形容词,意为"燃烧过的""干旱的")、"arsura"(阴性名词,意为"炎热""焚烧")有关。

1975 年 3 月 4 日诗人在写给朋友瓜尔涅里(Silvio Guarnieri)的信中曾提及《阿尔塞尼奥》的创作情况:《阿尔塞尼奥》创作于佛罗伦萨普拉特里诺街(via del Pratellino)的一间出租房中,整首诗"由一个名字像我但并非我的人几乎在 10 分钟内一挥而就""存在着一场真正的风暴和一场头脑中的风暴。一者预备另一者并为之提供条件"。

2　本句借用了但丁在《神曲·地狱篇》第三十二歌中那些被禁锢在可可托湖(Cocito)里铅灰色冰层中的背叛者形象,来描述陷入悲惨境地的人类,借用但丁的术语将城市社会生活描述为死人之集合这一方式,这种方式也同样在艾略特的《荒原》中有所体现。

Ⅲ

蝶 蛹 [1]

暗绿色的树木

杂以嫩黄色的纹理和镶嵌。

空气中，震荡着一阵对于干渴的

根脉，对于瘤状树皮的怜悯。

你们 [2] 的这片植物枝叶稀疏，

在四月的气息中

焕然一新，湿润而愉悦。

自这阴影中我将你们苦思冥想，

而你们，是另一簇复苏的植物。

每一个瞬间都带给你们簇新的叶片

它的惊恐推进了所有别的

昙花一现的喜悦；在这花园

尽头的角落，生活掀起汹涌的波涛。

你们的目光落在身旁的泥土上；

记忆的洪波涌向

你们的心脏，几乎要将它淹没。

一声呼号自远方回响：瞧，时光

以湍急的涡流仓促地消失于

岩石间，每一个回忆都归于寂灭；而我
从我的黑暗之歌，向着太阳的君临伸展。

你们不认为，像今天这样，
遥远的午后带给你们的
默契的友伴，绑架了你们。
你们是我的猎物，带给我
一小时短暂的人类的颤抖。
我不愿失去哪怕一瞬：
这是我的部分，其余的一切归于虚妄。
我的财富是这刺穿你们的
撞击和高处朝向你们的
面孔；这缓慢转动的
眼眸，现在懂得如何观看了。

刹那的确定性就这样烟消云散
连同帐篷和房舍间树木的
飘摆；但它并未驱散那占有
你们的、不透明的阴影；就连你们的
重生也还是某个不孕的秘密，
某种错失的奇迹，如同
我们周遭所有的名望之士。

显现于栅栏之外的波浪

如同不时地向我们诉说拯救；

如同幻象，忽而惊鸿一瞥，

忽而化作尘烟。

它们在海上盘旋，此刻在地平线上

交汇成双桅船的形状。

其中的一艘毫无声息地飞驰，

如同流离的翠鸟掠过铅色的

水面。太阳没入云层，

发烧的、颤抖的时刻，结束了[3]。

一阵辉煌的喘息声，毫无喧哗地

在喉咙跳动：在闷热的午后

救赎之舟显现，抵达：

看呐，它晃动着穿过浅滩，

从海面上放出一艘救生艇，

驶向温顺的礁石——并在那里等候我们。

啊，蝶蛹，这是何等苦涩的

无名的折磨，裹挟着我们

又把我们引向天各一方——而后，甚至

在尘土上留不下我们的踪迹；

我们前行，不会撬动高耸的

长墙上任何一块石头；

或许，一切都已注定，一切已书写就绪，

我们不会在中途目睹

自由，奇迹，事实的

显现，那绝非必然！

波涛和蓝色中并非船行的尾迹。

海岸的标志也迥然有别，

方才它是庇护所，像一个甜蜜的子宫。

沉默将我们关闭在它的叶片里

嘴唇难以启齿地说出

我愿意和命运缔结的

那份合约：以对我的责难

抵偿你们的快乐。

那是孕育在我胸中的誓约，

而后一切的激情都将终结。于是，我想到

支撑着生者家园的

沉默的奉献；想到退却的心 4

因为一个懵懂的孩童才会笑逐颜开；

想到一刀两断的干净利落，想到熄灭的

大火，再度从一块干木头上

死灰复燃，颤抖着升腾起来。

1 《蝶蛹》（*Crisalide*）创作于 1924 年春夏之交，题献给宝拉·尼克莉，为"正午与阴影"中第三部分的六首诗中的第一首。宝拉·尼克莉系诗人 1924 年前往卡拉拉旅行时，在洛多维奇（Cesare Vico Lodovici）家中遇到的一位建筑师的妻子，并迅速地爱上了她。接下来的两首诗也是写给尼克莉的，而本辑的最后三首诗则是写给安妮塔的。

2 "你们"指宝拉·尼克莉。

3 当云层遮住太阳的那一刻，热烈的阶段（"发烧的时刻"）和兴奋的阶段（"颤抖的时刻"）随之结束。

4 "想到退却的心"（al cuore che abdica），这里指放弃与宝拉·尼克莉可能的恋情。

波 纹 [1]

你往外舀水，小船已失去平衡
水的晶体磨得锃亮。
我们从岩洞驶向这微风
轻扰的，橙色的海滩。

正如方才，黑暗中，驱散暮色的
成群的蝙蝠并未打扰
我们；探测暗影的
船桨也不再撞击岩壁。

洞外阳光明媚：太阳
在它的旋转和火焰中驻足。
空心的天空明亮、沸腾，
并未碎裂的玻璃。

小船上，一位渔夫将鱼线
抛入水流。
打量着水底世界的轮廓
扭曲得犹如透过一面镜子。

晃动的小船上，

双桨空挂。

提醒我你不后悔

搅扰这午后的宁静

成群的昆虫和飞鸟萦绕着我们

空气是一只柔软的翅翼。

它们四散而去：过于密集的光线变得浑浊。

太多孤独的思绪惹人烦恼。

一切都将很快变得粗糙，

条纹更加阴郁的波涛将会绽放。

眼下它一仍其旧，在太阳的

洪水里归于消弭。

一阵涟漪颠覆了

形状，边界变得抽象：

每一个决定性的力量已从路径上

分岔，生命在颠簸中成长。

就像没有火苗的篝火

预备作明确的信号：

在这种光线下，我们的（光）变得黯淡，
在这场烈焰中，面容和热忱在焚烧[2]。

肿胀的心在波浪
开花处融化；
犹如一块压舱石沉了底
你的名字在水中扑通作响！

某种星辰的谵妄无拘无束，
一个平静而闪亮的恶。
或许我们会看到那个风平浪静的时刻
踏着燃烧的希望扑面而来。

从我们的上方，斜坡向下延伸到
平地上低矮的葡萄园。
拾穗的妇女们在那里哼着民谣
发出某种非人的声音。

哦，夏日的葡萄园
群星扭曲的
道路！——在我们身上，是某种
源于群星的带有悔意的惊奇。

你说话时，无从辨识自己的口音。

你的记忆似乎遭到冲蚀。

你经历过，却感觉

你的生命凭空消耗。

眼下，发生了什么？你重新尝试自身的

重负，突然，压在基点上的

东西开始摇摆，

迷人的魔力戛然而止。

啊，我们在此逗留，彼此并无分别。

就这样一动不动。再也没有人

听得到我们的声音。就这样淹没在

日益密集的蓝色旋涡中。

1　这首诗创作日期不详，系献给宝拉·尼克莉的三重奏（terzetto）中的第二首，与前一首不同的是，诗人在作品中以第二人称单数"你"，而非以第二人称复数"你们"来称呼对方，在下一首《海边之家》(Casa sul mare)和另一本诗集《境遇》中，诗人同样如此称呼宝拉·尼克莉。

2　这一句的意思似乎是：在无边的阳光下，即在大自然的力量面前，我们觉察到自己的相对性，我们个体理解能力的虚弱。所以，在太阳的照耀（"烈焰"）下，我们的面容和我们的命运（"热忱"）在燃烧、闪耀。就这一刻所发出的有力暗示而言，一切似乎都变得可能了。

海边之家 [1]

旅途到此结束：
在琐碎的忧虑中，被割裂的
灵魂再也无从发出呐喊。
现在，瞬间均等而固定
犹如水泵上滑轮的转动。
每转一下：就是一次喧腾的水的上升。
再一下，另一次水的上升，有时是一阵吱吱嘎嘎声。

旅途终结在这片海滩上
不懈而缓慢的水流诱惑着它。
除了懒洋洋的烟雾，一无所现
广袤的大海上，轻柔的呼吸交织于
波涛凹陷之所：一派沉默的宁静
迁徙的空气的岛屿间
背后的科西嘉岛或卡普拉亚岛 [2]
难得一见地浮现出来。

你问道，在这小小的记忆之雾中
一切是否就这样烟消云散；

是否在恍惚的时候，或在叹息的

危难时刻，所有的命运就都得到了满足。

我想告诉你，不，超越时间的

那一刻，距你不过咫尺之遥；

也许只有心存意愿者方能步入无穷，

谁知道呢，或许你可以，而我不能。

我想，对大多数人而言，这并非救赎。

但有的人颠覆了全部的构思。

穿过通道³，想要重返自身。

在屈服之前，我希望为你指明

这条逃生之路

短暂一如大海动荡的

田野上的泡沫和波痕。

我也会向你献上我贫瘠的希望。

对于新的日子，我疲惫不堪，不知道该如何培育这希望。

我把它作为对你命运的担保，保佑你幸免于难。

路途终结于这片海岸

交替运动的潮水侵蚀着它。

你近在咫尺的心，却听不到我

或许向着永恒扬帆起航。

1　这首诗创作于 1924 年，系献给宝拉·尼克莉的三部曲中的第三首。本诗的主题大体可以归结为：在分享存在的负面因素的基础上，自身命运的失败提供了一条向女性逃避的道路。

2　卡普拉亚岛（la Capraia），位于意大利托斯卡纳地区，是托斯卡纳群岛的七个岛屿中最西北端的一个，也是该群岛中的第三大岛，仅次于厄尔巴岛（Elba）和吉利奥岛（Giglio）；同时也是利沃诺省下辖的一个市。该岛常住人口约为 400 人。距离利沃诺市 62 千米，距离厄尔巴岛西北 32 千米，距离科西嘉岛略近，约 30 千米。——译者注

3　这里的通道（varco），或指时间和无限之间，也就是必然性和自由之间的通道。

死 者 [1]

大海在对岸粉身

碎骨，激起一团水沫四溅的浪花

直到平原将它重新吸收。在那里

有一天，我们在铁色的海岸上

投放比深海更为焦切的

希望！——荒芜的旋涡绿意盎然

如同我们在活人的日子中看到的那样 [2]。

现在，北风平息了咸涩的水流

混乱的纠结，并把它们重新

拖回原地，周围，有人吊在

网状的光秃秃的枝条上

沿着向下延伸的大街

直至淡出视线；

光线缓慢而冰冷的指法

拭干了褪色的渔网，上面

天蓝色清澈的水晶眨动眼睑

猝不及防地冲向海水拍打的

地平线的圆弧。

这种停顿对于我们生活的

感动，远多于激荡的海水向我们所揭示的

对于海藻的拖曳：那些

有一天臣服于它的大限而终结的情感

又重新在我们的内心盘旋。

休息了一天；在枝叶彼此交织的

线条间，心灵挣扎得

犹如海中的黑水鸡[3]

在网眼间挤作一团；

一动不动，飘忽不定，某种冰冷的

停滞将我们凝结。

因此

也许在泥土中，就连死者也被剥夺了所有的

休息时间：一种比活着更无情的力量从那里

拖走了他们，周围，

是被人类的记忆折磨的鬼魂，

这力量将他们推到这片海滩上，呼吸

没有质料或声音

被黑暗所出卖[4]；而他们

断裂的翅膀掠过我们，即使在这一刻

才同我们勉强分离，淹没在

大海的筛子[5]里……

1　这首诗出现于1928年第二版《乌贼骨》当中。该诗的位置、创作时间（1926年）和各种主题元素都表明它与阿莱塔的关系。阿莱塔是蒙塔莱诗歌中死去的女孩的代称。从这首诗开始，致尼克莉的三联诗被致安妮塔／阿莱塔的三联诗所取代：前一组三联诗所揭示的存在层面的困境，被一种节制但尚未熄灭的激情所激励，第二组三联诗则着力表现某种空虚的、极度可怕的宣判的情形。

2　荒芜的海面继续保持着绿意，大海继续保持着惯常所见的令人愉悦的外观，但眼下，它显而易见缺乏活力；在形容词"荒芜的"（sterile）和动词"绿意盎然"（verdeggia）之间给出了某种不言自明的逆喻。

3　"黑水鸡"（gallinella），鱼名，绯鲤的一种，又名阉公鸡（cappone）。

4　字面的意思可理解为：夜晚的到来最终会暴露出死者的存在。

5　"筛子"（crivello），指某种有孔洞的隔离物，它暂时地、并非全然地将活人和死人分开。

三角洲 [1]

我把那在秘密的倾注中破碎的生命
和你捆绑在一起：
那在自己体内挣扎的生命，看样子几乎
认不出你来，窒息的存在。

当时间淤塞于它的重重大坝
记忆啊，你让你的变换与它的广袤
相协调，并从你曾陷入的
黑暗区域更清楚地显现出来，
就像现在，雨过天晴之后，绿色再度
浓郁地返回树枝，朱砂返回墙壁。

除了一路上支撑我的无言的
讯息，我对你的一切一无所知：
是否你身形犹在，抑或只是
梦境中雾气蒸腾的幻觉，河流
都滋养着你，河流汹涌，浑浊，喧腾地
对抗着大海。

在灰暗或被硫黄的火焰撕裂的

时光的振荡里，你无处寻觅

除了自迷雾中抵达

海湾的拖船的汽笛声。

1 《三角洲》和《死者》《相遇》一样，均创作于1926年，居于献给阿莱塔的三联诗的中心位置。这部作品在某种意义上，构成了一个关于《死者》中所阐述的法则的具体案例：亡故者与生者的世界分离，但仍在后者的路途上掠过，并在特别的时刻，幽灵般地断续显现。在两个平行世界之间建立起某种共同联系的困难，被来自外部的信号意外地克服了，就像诗末靠岸的拖船拉响的汽笛声。

相　遇 [1]

请你，不要把我的悲伤沿路

抛弃

来自外海的风在大街上横冲直撞

伴着炽热的旋涡，而后消散；渐次消歇的风中

亲切的悲伤精疲力竭：迎着这微风，

一阵漫游的雾气被推送到海湾停泊之地

那里，白日倾吐着最后的声音

鱼鹰扇动高高举起的

翅翼 [2]。

附近是激流的入海口，水流

枯少，满布石头和灰泥；

甚而也是敝旧的人类行为的入海口，

边界之外 [3]，苍白的沉沦的

生命的入海口

在一个圆圈中包围着我们：空洞的脸，

瘦骨嶙峋的手，络绎成行的马，刺耳的

轮子：没有生命：另一个海 [4] 的

植被高悬于洪波之上。

我们走在泥泞板结的
大路上，其间未尝改道，
形同破碎的苍穹下
身着长袍的游行者 [5]，苍穹低垂
一如商店的玻璃橱窗，
绵密的微风萦绕着我们的
步履，马尾藻般的人类
波动起伏，犹如窃窃私语的
竹幔。

呵悲伤，若你也弃我不顾，所余
唯有这雨云中强烈的预感，似乎
一阵嗡嗡声我在身边蔓延
一如整点的钟声即将敲响时
指针的走动；
我颓然陷入无望的等待，
等待这片海岸上
全无畏惧之人，缓慢的波涛出其不意地
抵达岸边，却无人察觉。

或许我将重新拥有一副面容：斜射的
光里，一阵冲动将我引向

饭店门口的花瓶里

一株发育不良的植物。

我向它伸出手来，感到另一种生命

成为我的生命，一度被褫夺的

形状重新将我填满；戒指般

萦绕手指的，并非枝叶，

而是头发。

而后，归于寂灭。哦，被淹没者[6]！你消失得

无影无踪，宛如来时猝不及防，我对你一无所知。

你的生命依然属于你：在已消散的

白日闪烁的光芒中。请为我祈祷[7]

这样我就可以，在迷失的空气中

下行到有别于城中街的

另一条道路；在蜂拥而至的

生者的前方；让我感到你在身边；愿我

迈步下行，毫无怯懦[8]。

---

1 《相遇》创作于 1926 年 8 月 14—16 日，收入第二版《乌贼骨》
中，其作用是为"正午与阴影"作结。杂志上发表的版本在标
题上明确写出了"阿莱塔"的名称，但在收入第二版时被删掉
了。作品描述了日落时分，诗人在海边徘徊，周围是痛苦和被
奴役的人类。在诗人看来，生命被缩减为某种植物性的、肮脏
的和异化的维度——某种非生命（una non-vita）。在这种情况

下，只剩下悲伤佐据以传达某种真实的感觉（第一至四节）。另外，诗人也仍然渴望同一个真正的同类相遇，这也是唯一可能的途径：通过与一株植物接触，诗人短暂地与一位女性达成了默契（第五节）。但这种相遇是转瞬即逝的，被失去和死亡所抵消；因此，诗人别无选择，只能向死去的女性寻求勇气，通过对她的回忆，以帮助自己有尊严地面对未来艰难的道路（第六节）。

2　原文中的翅翼为单数：un'ala，诗人在此使用了转喻的手法，以单数表示复数的翅膀（le ali）。——译者注

3　"边界之外"（oltre il confine），即地平线之外，那是围绕着人类的圆形边界，在其背后激荡着某种强迫和监禁的意味。

4　"另一个海"（altro mare），指人类生命之海。

5　"搁浅"（incappati）的形象让人想起但丁在《神曲·地狱篇》第二十三歌中所描写的虚伪者的喧嚣，这里有谴责集体虚伪的意味。

6　"哦，被淹没者"（Oh, sommersa），此前发表在杂志上的版本此处作"哦，阿莱塔"（Oh, Arletta）。这一新的变化将本诗最后一节与《死者》的结论相联系起来，由此可以看出，"被淹没者"（sommersi）正是死者。

7　在《柠檬》中诗人祈求女性的救赎，而这一视角在这里反转了，主体并不希求阿莱塔的救赎，而是要求存在的安慰和保持尊严的勇气。

8　这是诗人所提出的最重要的要求，由令人悲痛欲绝的跨行诗句和尖锐的押韵强化。此外，"城市"（città）、"怯懦"（viltà）的押韵也同样不乏表现力和语义层面的含义：找到勇气来面对被理解为下降的生活，即被理解为丧失和理解为熵（从有序到无序）的生活，即便知道它的无意义，也不会因此变得怯懦。

第五辑　海　岸

"海岸……" [1]

啊，海岸 [2]

自大海疯狂的边缘

垂下少许龙舌兰的

剑叶就已足矣；

或者荒芜的花园里

两朵苍白的山茶花，

一株金发的桉树浸泡在

光芒下沙沙作响和

疯狂的飞翔中；

瞧，顷刻间

无形的线 [3] 将我捆绑，

橄榄树的颤动，向日葵的

凝视中，蝴蝶陷入一张蛛网。

啊，海岸，甜蜜的囚禁，今天，

那些为了一点小事而屈服于它的人

如同岸边那些古老的 [4] 游戏

令人难以忘怀。

啊，海岸，我还记得，你们曾为那

迷惘的少年提供过苦涩的过滤器：

在晴朗的清晨，山丘的脊背和

天空融合无间；岸边的沙地

一圈宽阔的旋涡，某种生命

始终如一的冲动，

世界的一场热病；而一切

似乎都在自身中自我消耗。

哦，而后颠簸

如同海浪中的乌贼骨 [5]

渐渐消失

成为

一棵虬曲的树或一块被大海

磨光的石头；融化在夕阳的

色彩中；肉体消失

喷涌为阳光下陶醉的泉水，

被太阳吞噬……

        这些是，

啊，海岸，孩子们古老的誓言

在玫瑰色的栏杆旁

微笑着慢慢死去。

啊，海岸，这些寒冷的光，对那些

备受折磨的逃离者说了多少话。

水的织锦显露在易逝的

光影的浩瀚中；泡沫中

棕色的岩石；稍纵即逝的

流浪的燕子……

　　　　　　啊，海岸，我可以

把你们视作一个日子，或者土地，

丧亡的美女，镶嵌在每个存在者

痛苦之上的金色外框。

　　　　　　今天，我更顽强地

回到你们身边，或者自欺欺人，虽然这颗心

似乎融化于快乐——和残酷的记忆。

悲伤的消逝的灵魂

而你新的意志呼唤我，

时间或许会让你们联合起来

在某个智慧宁静的港湾。

而有一天，它仍将是金色

声音的诱惑，大胆的奉承，

我的灵魂不复分裂。想想看：

变挽歌为颂歌；重塑自己；

无所匮乏。

　　　　　就像

这些枝条，昨天

干枯而赤裸，今天则充满

颤抖的活力和树液，

明天

我们 [6] 也能在芳香和风中感受到

某种梦的回流，某种对于声音的

疯狂催迫，以朝向某个结果；而和阳光

融为一体的海岸，

再度怒放！

1 这首诗发表于 1922 年，而根据作者自述，创作年代最早可以追溯到 1920 年，因此也是这本诗集中最早完成的作品之一。蒙塔莱之所以打破常规，将这首诗安排在诗集的结尾部分，显然是因为这首诗在末尾所传达出的积极的、饱含希望的信息。

2 利古里亚海岸分为三段，分别为 "黎凡特海岸"（Riviera di Levante）、"波内特海岸"（Riviera di Ponente）与 "五渔村"（Cinque Terre）。在诗的开头，诗人使用了呼格。

3 "无形的线"（invisibili fili），即记忆和情感之线。

4 "古老的"（antico），在此指诗人的童年——那时和自然的关系不需要中介。

5 "乌贼骨"（l'osso di seppia），作为赋予诗集书名的物体出现在一首诗中，而且是单数，这是唯一的一次，其含义受到了邓南遮的《阿尔西尼》（Alcyoe）的影响，即个人碎片在大海所代表的整体中的消解。

6 这里的 "我们"（noi），指我和我的灵魂。

附　录

蒙塔莱一九二五 [1]

[意] 塞尔焦·索尔米 [2]

一本诗集宣布出版了，而且是处女作，这在今天的评论家看来肯定不是一件稀松平常的事。更何况蒙塔莱的这本诗集 [3] 并非寻常意义上毫不费力的抒情宣泄，此类抒情诗只能通过某种既定的公式

1 该文最初发表于 1926 年 2 月 15 日出版的《半月刊》I，3，题为《乌贼骨》(*Ossi di seppia*)；随后发表于由帕吉亚诺 (G, Pacchiano) 主编的《当代意大利文学》(*La letteratura italiana contemporanea*) 第一卷，阿德尔菲出版社，米兰，1992 年，第 23—30 页（这里收录的版本即转载于此）。

2 塞尔焦·索尔米 (Sergio Solmi, 1899—1981)，意大利著名诗人、文学批评家、律师。1899 年出生于意大利列蒂 (Rieti)，8 岁随家人迁往都灵。父亲埃德蒙多·索尔米 (Edmondo Solmi) 为意大利著名历史学家。1922 年与友人在都灵创办文学杂志《时光之初》(*Primo Tempo*)，一年后出版了自己的第一本诗集《彗星》(*Comete*)。1948 年获圣文生奖，次年获蒙帕纳斯文学奖，曾于 1963 年和 1976 年两次获得维雷乔文学奖。1968 年当选林琴科学院 (Accademia dei Lincei) 院士。索尔米同蒙塔莱可谓文学上的至交好友，两人的友谊始于 1917 年秋的帕尔马步兵学校，并持续了一生，两人双亡于 1981 年去世。作为一名批评家，索尔米被认为是蒙塔莱诗歌的卓越的阐释者。他先后写过两篇著名的评论文章，分别是 1926 年的《蒙塔莱一九二五》(*Montale 1925*) 和 1957 年的《蒙塔莱的诗歌》(*La poesia di Montale*)。——译者注

3 Eugenio Montale, *Ossi di seppia*, Torino 1925. 第 23—30 页（这里收录的版本即转载于此）。

（通常是舶来品）来加以理解，这些作品似乎诞生于即兴创作的基础之上，往往只是对少数诗歌主题的泛泛呼应，而我们这个时代的妄想和死气沉沉的氛围仍然允许这种呼应。即使是最不谨慎的读者，甫一照面也会被蒙塔莱的方式所打动，他在撇开当今许多作家惯用的诱人的以假乱真和移花接木的手法的同时，并不试图摆脱其固有的主题和基调。如果说诗歌创作现在比以往任何时候都更需要承担艰巨而不可推卸的责任，那么蒙塔莱并没有逃避这些责任，而是果断地接受了那些形式和必要的抒情性问题，这些问题就像我们时代的文学现代性的十字架。

　　换句话说，蒙塔莱的诗歌和当今几乎所有优秀的诗歌一样，都诞生于某种深刻的创作与批判性选择的苦痛之中。但对于这种表达的价值，其他人比我说得更清楚，这种表达方式让许多人因害怕而不敢坚持。当然，在我们这个时代的氛围中，有太多疲惫不堪和不知所措的声音，使诗歌在其诞生之初，就无法使适应所发现的最初的节奏，在耳熟能详的词语中忘记了使其产生的个人动机。因此，蒙塔莱的意识和艺术尺度，在以现代诗歌仍然不那么连贯和处于萌芽阶段的方式和形式进行创作的同时，赋予了他的灵感一种深刻的亲切、紧凑和必不可少的基调，而我们在其他地方却只能徒劳地寻觅这种基调。

时光的交替、利古里亚的大海和土地的方方面面，以及生命被遗弃在散乱的时间之流中转瞬即逝的经历，有时会在事物中发现自己悲惨宿命的镜像，这些便是眼前这本诗集的主题。这些进入我们视线的闪光、坚硬的"乌贼骨"依然浸泡在蔚蓝色的大海中，散发着大海抛回岸边的残骸的失落忧郁，又在岁月的流逝中不知不觉间隐没于深渊。这片海域，当然不是明信片上宁静的装饰性的镜子，亦非形而上学的概念或假设。这是一片生机勃勃、波光闪闪、变化万千的大海，以其潮汐的咸味腐蚀着大地，它的气息浸润着陡峭海岸上的橄榄树和柠檬树。倘若合上书页，我们就会听到，在逐渐淡出记忆的文字背后，敲打悬崖的节拍和无穷无尽的音乐。

这种开放式的咸涩的气息令整本诗集芳香四溢，召唤着它的背景，使其具有了某种理想的统一性，并最终在"地中海"一辑中臻于极峰。在这里，大海的背景醒目地凸显出来，将其瞬间的隆隆声倾泻于字里行间，并在诗人的头脑中展现为形式的永恒"蓄水池"（réservoir），它无动于衷地容纳着存在空洞的幽灵和尚未体现为感官形态的无形生命，它是灵魂和万物命运的极限，也是灵魂和万物命运的困惑。

这首诗的主题，似乎处处弥漫着一种干燥和反思般的荒凉气氛。在这种明朗而失望的氛围下，自然的表象呈现出明亮而迷人的色调，面貌清晰而确凿，仿佛置身于时间怔忡的停顿之中，灵魂的举止犹如某种迷失的感性证据：

> 我们在一粒珍珠贝母般
>
> 震颤的尘埃中前行，
>
> 在吞没双眼的
>
> 炫光中略显疲惫。[1]

语言材料变得丰富而粗犷，节奏在刺耳而顽强的音色中放缓，就像回头浪在海边的鹅卵石上击得粉碎，或者在开阔的段落中扩展开来，在明亮而静谧的视角中，声音似乎在缓慢而低沉地伸展，以达到音调全然内在的高度：

> 纯净的山丘环绕着周遭的
>
> 沙滩和房屋；橄榄树掩映其间
>
> 此起彼伏，散落如同羊群，

---

1 参见本书第二辑"乌贼骨"中《"不要躲入阴影……"》。——译者注

或者，浅淡得犹如农舍的炊烟

掠过

天空耀眼的面孔。[1]

　　诗人似乎经常将赋予其诗歌生命的幼芽般的情感孤立起来，犹如置身于精疲力竭的悲伤迷惘且透明的光环之中。这种复杂的态度给他的诗歌带来了一种完整和客观的语调，一种被支配和从内心掏空的语调，从而使人辨认出——我们希望在此理解这些词语的真正含义——一种与我们这个艰难时代相适应的绝无仅有的经典的表象（parvenza）。

　　对我而言，在这一点上，那些在这本小册子出版时将蒙塔莱归入从切卡尔多（Ceccardo）[2]到博伊内（Boine）[3]和卡米洛·斯巴尔巴罗（Camillo

---

1　参见本书第四辑"正午与阴影"中的《告别童年》。——译者注

2　切卡尔多·罗卡塔利亚塔·切卡尔迪（Ceccardo Roccatagliata Ceccardi，1871—1919），意大利诗人。被认为是 20 世纪热那亚利古里亚诗歌（从卡米洛·斯巴尔巴罗到蒙塔莱）的先驱，然而，其创作也交叉着卡尔杜齐残存的影响和颓废派不安的情绪，使人想起帕斯科利、邓南遮和法国象征派。在其最出色的作品中，人们可以感受到一种紧张的抒情性，时而沉浸在优雅的挽歌乐章中，时而又对利古里亚的风景产生浓厚的遐想。——译者注

3　乔瓦尼·博伊内（Giovanni Boine，1887—1917），意大利诗人、作家。博伊内是"声音派"（vociani）作家群体中最杰出但也是最不典型的知识分子之一。他出生于利古里亚，曾在米兰求学，1906—1907 学年就读于皇家科学文学学院，还曾前往巴黎深造哲学。——译者注

Sbarbaro）的利古里亚诗人群体的评论家们并非十足的幸运。在我看来，除了地方特征和风景之外，蒙塔莱无疑与他们几无共同之处。蒙塔莱的诗歌几乎从未耽溺于自然感性主义或乡村主题，更多的时候则是渴望以一种基本的反思和审慎的基调来处理灵感当下所提供的素材，这种基调超越了模糊的印象主义和偶发性的要求。文字的韵味和色彩、诗句和韵律的敏感性、自然召唤的生动证据，与其说是坚持某种转瞬即逝而又彼此相连的感觉，不如说是让它变得遥远，就像透过清晰而无情的忧郁之镜，难以言喻地定格在那里。

这些话，如果适用于蒙塔莱的所有诗歌，那么也尤其适用于其短诗部分，这本诗集也因此而得名。这里，以及"正午"（*Meriggi*）中的几首作品，我们发现了灵感最诚挚的核心和最亲切的本质。抒情线索饱满而不涣散，并在极其细腻和微妙的节奏模式的发展中找到了其最贴近的形式，就好像它本质上是以最精辟和粗犷的词句为枢纽，然后按照其自身的私密规律，几乎是以画家笔触的方式展开。可以说，诗句不是直接投入音乐主题的素材，而是徘徊在素材本身的所有角落和缝隙中，变得缓慢、曲折、粗糙和破碎，在别处而不是在自身寻找它自己的尺度。

例如，读者可以参阅这首短诗的开头部分：

> 横陈的正午的荣耀
> 当树木不再投下影子，
> 一点一滴地，因为过强的光线，
> 它们的周遭呈现出栗色的外观。[1]

在整首抒情诗中，景物都是以静止的方式呈现的，具有广泛的时间和空间指示，并巧妙地使用了停顿，将视觉提升到隐而不彰、柔和、几乎一动不动的音乐之中。

但是，在我们讨论的所有短诗中，我们真的不知道该选择哪一首。就让读者自己去定夺吧。《"瓦尔莫比亚，你的尽头……"》（*Valmorbia, discorrevano il tuo fondo...*）以某种梦中幻境的断裂感，勾勒出一幅遥远的战争记忆的景象；《"苍白而全神贯注的午休……"》（*Meriggiare pallido e assorto...*）描绘了在炎热中沉睡的感官的痛苦迷茫；《"芦苇丛再度升起它的伞状花序……"》（*Il canneto rispunta i suoi cimelli...*）描绘了海上升起的薄雾中形体的消散，只剩下凄凉而压抑的爱的呼唤。诗人

---

1 参见本书第二辑"乌贼骨"中的《"横陈的正午的荣耀……"》。——译者注

在此尽情挥洒自己在衰败和屈辱的生活中稍纵即逝的体验，一次又一次品尝着失去的单调，并将瞬间还原为某种基本的匮乏和失望感。这些"乌贼骨"是被遗弃在荒芜海岸的无用瓦砾，只是凄凉的生存幻想的死亡记忆。诗歌由隐秘的震颤、无声的分离和屈从的反思构成：

> 我的生活，于你，我不寻求固定的
> 轮廓，值得赞许的面孔或财产。
> 而今，在你不安的流逝中，蜂蜜
> 和苦艾酒有着同样的味道。[1]

在这本诗集的其他地方，我们可以说，蒙塔莱在不违背其诗歌主题原生性的直率的前提下，有意将其扩大，并将其固定在更富戏剧性的形象中，固定在更高亢动人的音调中，固定在更开放、更明显的节奏模式的发展中。不言而喻，我们在这里所说的是一种理想的发展，而非时间性的发展。这不仅仅是形式上的理解。当然，"地中海"（*Mediterraneo*）这首中长诗（poemetto）代表了当代抒情诗中一种屈指可数的尝试，称之为"独一无二"要比称之为

1　参见本书第二辑"乌贼骨"中的《"我的生活，于你，我不寻求……"》，收入《乌贼骨》第二辑"乌贼骨"。——译者注

"罕见"更为恰当。然而，在我看来，蒙塔莱的诗歌在此所展现的纯洁的雄辩与那些崇高而极富音乐性的修辞格调并无任何不同之处，在这方面，现代诗歌在莱奥帕尔迪和波德莱尔的抒情诗中就不乏一些经典范例。我们是在全然独特的意义上，而非引申的意义上，来谈论现代诗歌精神的某种特殊倾向。这一点在某些概念性和格言性的转换中表现得最为明显，然而，这些转换往往因其哀婉动人的隐秘灵感而显得更为直率。蒙塔莱的气质是反思性的，但更多的是通过对音调的持续反思，捕捉灵魂在心理层面直接的感觉和运动，在他的诗歌中，牺牲主题的宇宙性和交响乐形式的变形，有时会在他身上罕见地陷入近似的形象和发展。

《告别童年》（*Fine dell'infanzia*）和《蝶蛹》（*Crisalide*）中，抒情模式的发展更为宽泛和机动，尽管有美不胜收的惊鸿一瞥，但仍显得有些支离破碎和缺乏连贯，而在《海岸》（*Riviere*）和《海边之家》（*Casa sul mare*）中，我认为这种发展是完全成功的。在诗集的最后一首作品中，我们所珍视的主题，即某种失败而封闭的生命的感觉，而今要绝望地去适应其最初的理想，而这种感觉又消退为一种疲惫的牺牲，以便其他人，即诗人钟爱的造物，可以走出"残缺不全的存在的边缘"，获得完整的生命并得到拯救。但还是由您亲自来倾听吧：

....

旅途终结在这片海滩上

不懈而缓慢的水流诱惑着它。

除了懒洋洋的烟雾，一无所现

广袤的大海上，轻柔的呼吸交织于

波涛凹陷之所：一派沉默的宁静

迁徙的空气的岛屿间

背后的科西嘉岛或卡普拉亚岛

难得一见地浮现出来。

你问道，在这小小的记忆之雾中

一切是否就这样烟消云散；

危难时刻，所有的命运就都得到了满足。

我想告诉你，不，超越时间的

那一刻，距你不过咫尺之遥；

也许只有心存意愿者方能步入无穷，

谁知道呢，或许你可以，而我不能。

............[1]

---

1 参见本书第四辑"正午与阴影"中的《海边之家》。——译
者注

第二个主题接续并嫁接到第一个主题上，就像某些乐句奇迹般地不可避免地彼此展开，但实际上却没有任何共同之处——除了其内在的、秘密的调性对应关系。诗句以其流动性和新的完整性，采用了十一音节（endecasillabo）的形式，却丝毫没有背叛其对基本主题的固有坚持。诗人在这里获得了他放弃了权利而赢得的回报，这是正确的，在上述短诗中，诗人顽强地忠实于自己的母语音调，反对任何将灵感最原始、最直接的元素进行文学和思想改造的模糊愿望。

在《乌贼骨》第一版（«ossi» brevi）[1]中，主题在我们看来是冻结的、固定的，具有精辟而细致的关注，有时给人一种坚持不懈的沉闷感，而在较为次等的诗节中，则缺乏一种抒情的超脱感，但在这里，这些主题被分解，慢慢地融入音乐的气息中，变得更加开阔、克制和低沉。在这里，传统的调式被自由地、几乎是无意识地加以运用，获得了某种原始而古老的印记，这甚至可能暗示着我们对诗歌起源的一种不自觉的、快乐的重新发现。纯朴而真

---

1 "«ossi» brevi"，特指 1925 年由戈贝蒂出版社（Piero Gobetti editore）在都灵出版的《乌贼骨》第一版，因这一版诗集相较后续几版要薄得多，因此往往被形象地称之为"短（乌贼）骨"。——译者注

挚的诗句，在广阔的风景纹理之上，勾勒出内心某种亲切、顺从的冲动，我们在其中找到了前面所说的古典愿望的证明，而这种愿望正是诗人原初本性的根基。

请原谅我的匆忙，如果我忽略了本可以期待的东西，即在当今文学地理学中对该诗集的一种调适和"微调"（messa a punto）。有些评论家擅长使用六分仪，他们认为，只要标明了一部作品或一位作家的经纬度、疆界和年等温线，他们对一部作品或一位作家的研究就算是大功告成了。我并不是说这样做无济于事。只是，我们眼前的这本诗集懂得如何自我定位。与任何直抒胸臆的诗歌一样，蒙塔莱的诗歌必须慢慢找到自己的气候。我们也一定不会错过这些重返《乌贼骨》的机会，而且我们可以发誓，那天我们一定会有良友相伴。

1926 年

蒙塔莱生平大事年表 [1]

1896 年

10 月 12 日生于热那亚，系多梅尼科·多明戈（Domenico）和朱塞皮娜·里奇（Giuseppina Ricci）第六个也是最后一个孩子。从小家境殷实，生活富裕，父亲和两个堂兄弟经营着一家名为 G.G. Montale e C. 的基础雄厚的公司，以经营进口化工产品为主。

1902—1911 年

从 1905 年开始，每年夏天都会到五渔村（Cinque terre）的蒙特罗索（Monterosso）度假，住在父亲和他的堂兄弟们建造的别墅里。利古里亚海边的风景后来成为他的第一本诗集《乌贼骨》中

---

1 由提香娜·德·洛卡蒂斯（Tiziana de Rogatis）整理。洛卡蒂斯为意大利学者，出生于那不勒斯，现为锡耶纳外国人大学比较文学系副教授。

首选的景观。

　　小学毕业后，被巴尔纳巴会修士们经营的维托里诺·达·费尔特学院（Istituto Vittorino da Feltre）下属的技术学校所录取。1910 年，因健康状况多次缺课，不得已重修技校三年级的课程。

1915 年

　　获取会计师资格。开始在退居二线的男中音歌唱家西沃里（Francesco Sivori）门下修习声乐，成效显著；同时在父亲公司的办公室里百无聊赖地上班。随着意大利参加"一战"，他的三位兄长——萨尔瓦托雷（Salvatore）、乌戈（Ugo）和阿尔贝托（Alberto）——被征召入伍。战争使得他无法以一名歌剧演员的身份崭露头角。

1917 年

　　1914—1917 年，开始以自学的方式完成文化陶成：在市立图书馆和大学图书馆如饥似渴地阅读。于 1916 年起就读于文哲学院，与天主教现代主义保持着密切文化联系的姐姐玛丽安娜（Marianna）在智识方面意气相投。这一时期，蒙塔莱写于 1917 年的日记，成为其文学创作学徒期的重要文献《热那亚记事本》（Quaderno genovese），直到蒙塔莱去世后，1983 年才正式出版。这本日记记录着其当时的阅读印象、读后感和最初的创作灵感。

1917 年，因被证明有资格服兵役而被征召入伍。在帕尔马，以军校生的身份参加了速成班，结识了弗朗西斯科·梅里亚诺（Francesco Meriano）和风华正茂、年满 18 岁就被征召入伍的塞尔焦·索尔米，后者不仅成为其莫逆之交，还是其诗歌的杰出诠释者。

1918—1920 年

1918 年 1 月，以志愿者的身份被派往前线，并在瓦尔莫比亚（Valmorbia）附近的一个前哨站担任指挥官。

1920 年 5 月 26 日，以中尉衔退伍。同年夏天，在蒙特罗索遇到了 16 岁的安娜·德利·乌贝蒂（Anna Degli Uberti），以之为灵感写下了多首诗作，在诗中，后者常以"阿莱塔"（Arletta）或"安妮塔"（Annetta）的名字出现。

11 月 10 日，在发行于热那亚的杂志《行动》（L'Azione）上发表了第一篇对诗人、作家卡米洛·斯巴尔巴罗的作品《碎片》（Trucioli）的批评文章。

密切关注《守望报》（La Ronda），并收藏了全套系列。

1923 年

3 月，弗朗西斯科·梅西纳（Francesco Messina）和安哲罗·巴里尔（Angelo Barile）收到了两份相同的手稿。两份手稿都冠以《残骸》（*Rottami*）的总标题，里面包括《"苍白而全神贯注的午休……"》《"不要躲入阴影……"》（*Non rifugiarti nell'ombra...*）、《"我再度回忆起你的微笑……"》（*Ripenso il tuo sorriso...*），以及《柠檬》（*I limoni*）等作品。它发表了一篇关于埃米利奥·切奇（Emilio Cecchi）的文章——《〈第一乐章〉，9-10》（*Pimo tempo*，*9-10*），两人由此开始通信。

7 月，寄给弗朗西斯科·梅西纳第二份诗歌手稿，但标题由《残骸》更名为《乌贼骨》。这是蒙塔莱第一份有文件证明的诗集。

小提琴家埃内斯托·西沃里[1]的去世促使蒙塔莱最终停止了对声乐的研究。

安娜·德利·乌贝蒂在蒙特罗索度过了她生命中的最后一个夏天。

冬天，遇到了来自的里雅斯特（Trieste）的年轻人罗伯托（Roberto），并亲切地称其为鲍比·巴

1　埃内斯托·西沃里（Ernesto Sivori，1815—1894），帕格尼尼唯一的学生，也被认为是 19 世纪继帕格尼尼之后最能代表意大利小提琴演奏学派的人物。——译者注

尔赞（Bobi - Bazlzen）。用蒙塔莱的话说，他是"一扇面向新世界敞开的窗户"：这位文化上的边缘者带领蒙塔莱认识了伊塔洛·斯韦沃（Italo Svevo）、罗伯特·穆齐尔（Robert Musil）、弗兰兹·卡夫卡（Franz Kafka）和彼得·阿登堡（Peter Altenberg）等人的作品，将其带入中欧的文学世界。

1924 年

5 月 31 日，在《会晤》（*Il Convegno*）上发表了五首抒情诗，总标题为《乌贼骨》。

在维亚雷焦（Viareggio），与作家恩里克·佩阿（Enrico Pea）交往甚密；而在卡拉拉（Carrara）的洛多维奇（Cesare Vico Lodovici）家中，遇到一位建筑师的妻子宝拉·尼克莉（Paola Nicoli），并爱上了她。不久后，前往罗马拜访埃米利奥·切奇。

11 月，前往米兰谋求一份理想中的记者工作，并设法认识了恩佐·费拉里（Enzo Ferrieri）、卡洛·里纳蒂（Carlo Linati）、西比拉·阿雷拉莫（Sibilla Aleramo）、玛格丽塔·萨尔法蒂（Margherita Sarfatti）。

1925 年

由翌年惨遭法西斯分子杀害的戈贝蒂（Piero

Gobetti），在都灵编辑出版了其第一本诗集《乌贼骨》。

在克罗齐（Benedetto Croce）起草的反法西斯知识分子宣言上签字。

在《考察》（*L'Esame*）的 11—12 月号上，发表文章《向伊塔洛·斯韦沃致敬》（*Omaggio a Italo Svevo*）。

1 月，在杂志《巴雷蒂》（*Il Baretti*）上发表了一篇随笔《风格和传统》（*Stile e tradizione*）。结识了刚搬来拉帕罗（Rapallo）不久的埃兹拉·庞德（Ezra Pound）。

1926 年

又撰写了两篇有关斯韦沃的文章，有助于进一步探索和正确评价这位伟大的小说家。开始与斯韦沃通信，两人很快建立起牢固的友谊。

6 月，前往的里雅斯特，在斯韦沃家中做客，结识了翁贝托·萨巴（Umberto Saba）。

在伦敦，向奥洛·威廉姆斯（Orlo Willianms）打听 T.S. 艾略特的地址。

同前一年开始为《巴雷蒂》杂志撰写评论的瓦莱里·拉博（Valery Larbaud）通信，并建立起私人友谊。

阅读阿兰（Alain）的《美术体系》（*Système des Beaux Arts*）。并为詹姆斯·乔伊斯的法语版《都柏林人》撰写评论。

6月2日，写信给索尔米，信中提道："法西斯分子在此地（热那亚）的控制力量逐渐强大，那些不属于他们的人将无法生存。"

1927—1928 年

1927年2月4—8日，前往佛罗伦萨，签署协议后，开始在奔波拉德（Bemporad）出版社工作，这是他找到的第一份稳定的工作。很快便置身于一个充满活力的文化关系交流的中心：为多家杂志撰稿，其中包括《索拉里亚》（*Solaria*）。常与埃利奥·维托里尼（Elio Vittorini）、卡尔罗·埃米利奥·加达（Carlo Emilio Gadda）、阿图罗·洛里亚（Arturo Loria）、萨尔瓦托雷·夸西莫多（Salvatore Quasimodo）、詹弗兰科·孔蒂尼（Gianfranco Contini）和马里奥·普拉兹（Mario Praz）等作家、诗人朋友在著名的久博·罗西（Giubbe Rosse）咖啡馆聚会。

1928年，由都灵的里贝特（Ribet）出版社出版第二版《乌贼骨》，收入了新的诗歌作品。在艾略特主编的英国著名文学杂志《标准》（*The*

Criterion）第七期上，刊登了普拉兹翻译的第二版《乌贼骨》当中的《阿尔塞尼奥》（*Arsenio*）一诗。

1929 年

被聘为古老的佛罗伦萨维约瑟索斯历史和文化研究所（Gabinetto G.P. Vieusseux）所长。以付费嘉宾的身份搬进艺术评论家马泰奥·马·兰戈尼（Matteo Marangoni）和妻子德鲁茜拉·坦齐（Drusilla Tanzi）的家中。绰号"苍蝇"的坦齐日后成为蒙塔莱的伴侣。

9 月，第一次前往巴黎。

1932—1933 年

结识了年轻的意大利裔美国人艾尔玛·布兰黛斯（Irma Brandeis）。由于之前与德鲁茜拉·坦齐所保持的秘密关系，蒙塔莱与艾尔玛从相遇之初便陷入某种难以割舍、欲罢不能的纠结之中，这段关系一直持续到 1938 年。诗集《境遇》（*Le occasioni*）的副标题《致 I.B.》中的 I.B. 即指艾尔玛·布兰黛斯，在《克里琪亚》（*Clizia*）中则被重新命名为森哈（Senhal），化身为"造访天使"（visiting angel），并将在诗集《暴风雨及其他》（*La bufera e altro*）中充当主角。

1933 年，在《圆周》（*Circoli*）上发表文章《向 T.S. 艾略特致敬》（*Omaggio a T.S. Eliot*）。

1936 年

艾尔玛·布兰黛斯在《周六文学评论》（*Saturday Review of Literature*）上发表一篇有关蒙塔莱诗歌的随笔短评《一份意大利来信：欧金尼奥·蒙塔莱》（*An Italian Letter. Eugenio Montale*）。

1938 年

法西斯党所颁布的种族法，禁止有犹太血统的外国人在意大利居住。因此，身为古老的奥地利犹太人后裔，布兰黛斯必须返回美国。她还向蒙塔莱提议与之一起前往美国，因为当时蒙塔莱并未在法西斯党注册，有被维约瑟索斯研究所解雇的风险。

夏天，布兰黛斯在焦虑和不确定性中度过了在意大利的最后几个月。《境遇》和《暴风雨及其他》中一些最美丽的诗篇可以溯源于此：一对夫妇在冬日下国际象棋［见《新房间》（*Nuove stanze*）］，6月24日佛罗伦萨的圣乔万尼节［见《希特勒的春天》（*La primavera hitleriana*）］，五渔村泥泞的沟渠和一无所获的渔网［见《分离之人》（*Personae separatae*）］，锡耶纳赛马节［见《赛马节》（*Palio*）］。

蒙塔莱生来在抉择上优柔寡断，因德鲁茜拉·坦齐的胁迫而更加犹豫不决。最后，布兰黛斯于9月中旬离开，而直到第二年蒙塔莱还在寻找解决方案。两人从此再未谋面。

10月15日，与其感情甚笃的姐姐玛丽安娜去世。

12月1日，被维约瑟索斯历史和文化研究所解雇。

1939 年

10月底，埃诺迪出版社在都灵出版了其第二本诗集《境遇》。

因被解雇后失去了稳定的工作，为了生存，投身于大量的翻译工作，主要是翻译英语文学作品。

同德鲁茜拉·坦齐生活在一起。

1940 年

埃诺迪出版社出版了第二版《境遇》，内中增加了一些新作。

1942 年

其母亲在避难和躲避轰炸的蒙特罗索去世。与此同时，其在热那亚的家和全部藏书也在轰炸中毁于一旦。

1943 年

一本体量很小的诗歌单行本《天涯海角》（*Finisterre*）在瑞士卢加诺（Lugano）出版，后成为《暴风雨及其他》的一部分，因诗集中的题词和各种暗示都旨在反对法西斯主义及其"致死的疯狂"，这本书由文学批评家詹弗兰科·孔蒂尼秘密带到海外后出版。

1945—1946 年

第二版《天涯海角》增加了部分新作，在佛罗伦萨的巴贝拉出版社（l'editore Barbèra di Firenze）出版。

蒙塔莱被要求成为民族解放委员会任命的"文化和艺术委员会"（Comitato per la cultura e l'arte）的成员；蒙塔莱加入了行动党（Partito d'Azione）。与邦桑蒂（Alessandro Bonsanti）、洛里亚和斯卡拉韦利（Eugenio Scaravelli）合作创办《世界》（*Il Mondo*）杂志。然而，蒙塔莱只是短暂参与了政治事务，1946 年即退出行动党；同年，《世界》杂志停刊。

1948 年

被聘为《晚邮报》(*Corriere della Sera*)的编辑，移居米兰。按照合同规定，诗人必须每月撰写五篇文章，其中主要是评论和短篇小说。

以英国文化协会特使的身份前往伦敦，并与T.S. 艾略特首次会面。

1949—1955 年

1949 年 1 月，在都灵遇到了年轻的女诗人玛丽亚·路易莎·斯帕齐亚尼（Maria Luisa Spaziani），由此开始了恋爱关系。因为仍然和德鲁茜拉·坦齐在一起，两人始终保持着秘密交往。这一时期蒙塔莱为斯帕齐亚尼写下了很多诗篇，《秘密情歌》(*Madrigali privati*) 中的"狐狸"即斯帕齐亚尼，这些诗作后来成为《暴风雨及其他》的一部分。

从 1954 年开始，在紧张繁忙的新闻活动之余，蒙塔莱还负责为《信使报》(*Corriere d'informazione*) 撰写音乐评论，这一合作一直持续到 1967 年。

这一时期为《晚邮报》的特派记者，频繁出国旅行，先后前往日内瓦、洛桑、纽约、斯特拉斯堡、西班牙、葡萄牙、布列塔尼、普罗旺斯和诺曼底。

1952 年，在巴黎介绍《艺术家的孤独》[1]。

1956 年

在威尼斯的内里·鲍扎（Neri Pozza）出版社出版了蒙塔莱的第三本诗集《暴风雨及其他》，印数一千册，同时还出版了小说集《迪纳尔的蝴蝶》（*Farfalla di Dinard*）。

1959—1962 年

获得了诸多的认可和荣誉，也因此确定了蒙塔莱在文化领域的核心地位：1950 年，获得圣马力诺诗歌奖；1956 年，获玛佐托奖（il Premio Marzotto）；1959 年被授予荣誉军团（la Legione d'Onore）成员资格；1961 年，获米兰国立大学颁

---

1 《艺术家的孤独》（*La solitudine dell'artista*），1952 年，蒙塔莱赴巴黎参加会议，主题为"孤立与交流"（l'isolamento e la Comunicazione）。会议主题因其所包含的两个对立元素而具有某种挑衅性。会上，蒙塔莱宣读了一篇题为《艺术家的孤独》的演讲报告。在这篇演讲中，蒙塔莱通过介入"二战"后意大利非常活跃的争论从而发出了自己的声音，蒙塔莱所支持的阵营坚持认为，作家应该坚守超然态度，与历史、社会和政治事件保持贵族式的隔离；另外，持参与态度的理论家，则认为诗歌和文学的价值恰恰应该由诗歌以及作家与历史现实的联系和接触时所发挥的功能来加以衡量。蒙塔莱在演讲中提出了一个激进的、反潮流的论题，完全不循规蹈矩，他通过提出艺术家的孤独，宣布每一种形式的诗意的艺术都已死亡和被埋葬。其演讲本身包含了一种敏锐的直觉，即知识分子今后必须对大众社会的新问题做出回应。——译者注

发的荣誉文学博士学位（1967 年，获得剑桥荣誉博士学位；1974 年，获罗马大学和巴塞尔大学荣誉博士学位）；1962 年，获得林琴科学院颁发的国际费尔特利内利奖（il Premio internazionale Feltrinelli）。

1962 年，正式迎娶德鲁茜拉·坦齐。翌年，德鲁茜拉·坦齐去世。

1965 年

在佛罗伦萨举办的国际但丁研究大会闭幕式上发表演讲，题为《但丁今昔》（*Dante ieri e oggi*）。演讲稿中，除了引用查尔斯·辛格尔顿（Charles Singleton）的文章和 T.S. 艾略特的作品《愿景的阶梯》（*The Ladder of Vision*），还引用了艾尔玛·布兰黛斯不久前发表的一篇批评文章。

罗伯托·巴尔赞在米兰去世。

1966—1972 年

1966 年，自费印刷了一本非卖品性质的诗集《谢妮娅》（*Xenia*），献给已故的妻子，收入 1971 年出版的第四本诗集《土星》（*Saturno*）当中。同年出版了政治文化类随笔集《火刑》（*Auto da fé*）。

1969 年，结集出版了昔日担任《晚邮报》特派记者时所撰写的旅行随笔，取名为《出门在外》

（ *Fuori di casa* ）。

1972 年，出版了社会风尚反思类著作《在我们的时代》（ *Nel nostro tempo* ）。

1967 年，被任命为终身参议员。

1968 年，认识了安娜莉莎·契玛（ Annalisa Cima ），并为她创作了一系列诗作，这些诗作在去世后得以出版。

1973 年

在蒙达多利出版社出版了第五本诗集《1971—1972 年日记》（ *Diario del '71 e del '72* ）。同时在米兰出版随笔集《三十二种变奏》（ *Trentadue variazioni* ）。

不再担仕《晚邮报》的编辑。

1975 年

获诺贝尔文学奖。

1976—1977 年

1976 年，蒙达多利出版社出版了其诗歌批评文集《有关诗歌》（ *Sulla poesia* ）。1977 年，出版了其第六本诗集《四年笔记》（ *Quaderno di quattro anni* ）。

1980 年

孔蒂尼和贝塔里尼（Rosanna Bettarini）合作编辑的蒙塔莱诗歌作品评注本——《蒙塔莱诗集》（*L'opera in versi*），被纳入埃诺迪出版社的"千禧年"系列丛书（I Millenni）中加以出版。

1981 年

9 月 12 日，于米兰去世。米兰大主教马尔蒂尼（Carlo Maria Martini）为诗人在多莫大教堂举行了国葬，共和国总统佩蒂尼（Alessandro Pertini）和总理斯帕多利尼（Giovanni Spadolini）出席葬礼。其遗体安葬在佛罗伦萨附近埃马的圣费利切公墓，与其妻子同归一穴。

译后记

蒙塔莱（Eugenio Montale，1896—1981），意大利诗人、文学批评家、记者和翻译家。1975年诺贝尔文学奖获得者。20世纪意大利最伟大的诗人之一，与翁加雷蒂、夸西莫多并称"隐逸派"（Ermetismo）的"三架马车"，同时也被批评家视为意大利文学史上继莱奥帕尔迪之后，甚至是彼特拉克以来最伟大的抒情诗人（詹弗兰科·孔蒂尼语）。

一 版本、结构与影响之源

蒙塔莱或许是意大利诗歌史上少数几个诗人之一，甫一亮相即达至相对成熟的创作状态，且在漫长的一生中始终保持这一高水准。正如诗人布罗茨基所言：六十年来，蒙塔莱能够把他的诗歌维持在一个风格高原上，这种高度就连在翻译中也能感觉到。这一点早已在蒙塔莱的终生文学知己、诗人塞尔焦·索尔米1926年所撰写的评论《蒙塔莱一九二五》中得到了呼应："蒙塔莱的诗歌和当今几乎所有优秀的诗歌一样，都诞生于某种深刻的创作与批判性选择的苦痛之中。……蒙塔莱的意识和艺术尺度，在以现代诗歌仍然不那么连贯和处于萌芽阶段的方式和形式进行创作的同时，赋予了他的灵感一种深刻的亲切、紧凑和必不可少的基调，而我们在其他地方却只能徒劳地寻觅这种基调。"

1925年，蒙塔莱的处女作《乌贼骨》首版在都灵的戈贝蒂出版社出版。据考证，《乌贼骨》最初定名为《残骸》，1923年7月，蒙塔莱在寄给友人弗朗西斯科·梅西纳第二份诗歌手稿时，将标题更名为《乌贼骨》。第一版较后续几版要薄得多，因此往往被批评家形象地称之为"短骨"。

1928年，《乌贼骨》第二版在都灵的里贝特出版社问世，文学批评家阿尔弗雷多·加尔朱洛[1]为第二版撰写了备受瞩目的导言。第二版删除了《梦想曲》（*Musica sognata*），这首诗后来在1977年版的《诗全集》（*Tutte le poesie*）中被重新收入，但

1　阿尔弗雷多·加尔朱洛（Alfredo Gargiulo，1876—1949），意大利文学评论家、作家、翻译家和图书管理员。

增加了六首创作于 1926 年和 1927 年的新诗，其中两首放在第一部分的结尾，标题为《诗作别录》（*Altri versi*），包括《风与旗》《"墙上伸出的树枝……"》；另外四首放在结尾部分，标题从"正午"（*Meriggi*）更名为"正午与阴影"（*Meriggi e ombre*），其中包括著名的《阿尔塞尼奥》，但颠倒了《波纹》（*Marezzo*）和《蝶蛹》之间的顺序。

第三版于 1931 年在朗恰诺的卡拉巴（Giuseppe Carabba）出版。第四版由埃诺迪（Einaudi）于 1941 年在都灵印刷，这是最后一次涉及一些重量级的调整和更正。

在 1942 年的第五版中，蒙塔莱删除了《池塘》（*Vasca*）的最后一节。针对多首题赠类诗作，除《"我再度回忆起你的微笑……"》仅在副标题中以人名首字母"K"提及致敬对象之外，蒙塔莱删除了所有献给朋友的题赠提示，在有些批评家看来，这一举动是为了从第一部诗集中删去过多的自传、偶发事件，甚至可能是某种"外省主义"标志，从而提升其诗作的本质性和普遍性色彩。之后，诗人还在 1942 年至 1943 年接连推出了《乌贼骨》的第六、七版。

从结构上来看，《乌贼骨》似乎与一般诗歌大家的文学计划相去甚远，整本诗集的结构呈现出某种过于松散的抒情歌集的风格，不过，作品之间却并不因此缺乏凝聚力。

在第二版当中，《乌贼骨》共分成八个部分:《乐章》（*Movimenti*）、《为卡米洛·斯巴尔巴罗而作》（*Poesie per Camillo Sbarbaro*）、《石棺》（*Sarcofaghi*）、《诗作别录》《乌贼骨》《地中海》《正午与阴影》。此次翻译的定本为米兰蒙达多利出版社的蒙塔莱作品系列之一《乌贼骨》[1]，共包括 60 首诗，合为六辑:（1）《门槛上》，扮演着序曲和引导性功能;（2）"乐章"，13 首[2];（3）"乌贼骨"，22 首;（4）"地中海"，9 首构成一首有机的小长诗;（5）"正午与阴影"，由 15 首篇幅较长的诗作构成，细分为三个小辑[3];（6）《海岸》，起总结、收束全集的功能。

有些评论家，如门加尔多[4]不无敏锐地注意到，在《乌贼骨》以及蒙塔莱其他的诗集当中，其结构总体上呈现出短诗系列和较为分散的文本交替出现

1　Eugenio Montale, *Ossi di seppia*, a cura di Pietro Cataldi e Floriana d'Amely, 2016, Mondadori Libri S.p.A., Milano.

2　"乐章" 13 首分别为:《柠檬》《英国圆号》《假声》《游吟诗人》《为卡米洛·斯巴尔巴罗而作》（2 首）、《近乎一场幻觉》《石棺》（4 首）、《诗作别录》（2 首）。

3　其中的《岩石上的龙舌兰》由三首诗组成。

4　门加尔多（Pier Vincenzo Mengaldo），意大利语言学家、文学评论家、意大利语言史学家，帕多瓦大学意大利语言史的荣休教授，为笔者所译的 2016 年的《乌贼骨》版本撰写了篇幅颇长的导读。

的现象。与其说这是诗人刻意发明的一系列明确的形式，不如说是一种音乐的交替形式，既有较为轻松和沉思的乐章（如奏鸣曲的"快板"），亦有象征性意象的快速闪现（如"前奏曲"或"回旋曲"）。这恐怕与蒙塔莱青年时期追随男中音歌唱家西沃里习练声乐有着深层次的联系。

蒙塔莱的诗歌作品，虽然并非像莱奥帕尔迪或萨巴那样，冠以《歌集》（*Canzoniere*）的全称，以表达其写作的内在一致性和连续性。但是，其不同的诗集作品之间，却在事实上包含着类似上述《歌集》一般的同构性。1962年，蒙塔莱在接受某次采访时曾公开提及，他的前三本诗选——《乌贼骨》《境遇》《暴风雨及其他》——"归根结底乃同一部自传的三个部分"。事实上，蒙塔莱有关其前三本诗集的内在一致性的自述，是有着相当明确的事实上的支撑的，比如1928年第二版《乌贼骨》中新增的诗歌作品明显预示了《境遇》的出现；而《境遇》的最后几首诗歌业已为《暴风雨及其他》的氛围做好了准备，其中充满了战争迫在眉睫和令人心碎的生动气氛。

因此，1971年蒙塔莱在有关自己的第四本诗集《萨图拉》（*Satura*）的采访时提到：毫无疑问，在我的其他诗歌作品中，尽管不是太有意识，但仍然遵从"歌集"的概念，它们在文学术语中被称为"歌集"，是一种在形式上趋于完整的作品集，没有空白，没有间隔，没有任何遗漏。

"我想是的，我只写了一本书，我先给的是正面，现在给的是背面。"

无论从哪个角度来看，蒙塔莱的前三部作品，尤其是《境遇》和《暴风雨及其他》，以及其余的不少作品，都属于最高意义上的抒情作品。诗歌主体的深刻内敛、主题的高贵、语言的张力和"宏大风格"、话语的简洁性，或许还有加上简省与隐秘、"肉身"与"形上"之间的不断交流，等等。

虽然自 20 世纪 20 年代末起，蒙塔莱被人冠以"隐逸派"诗人的称号，但是，蒙塔莱本人曾多次明确将自己排除在"纯粹的抒情主义"之外，这种抒情主义本质上始自以马拉美为代表的法国象征派，抵达翁加雷蒂和隐逸派群体，抵达他们稀薄的单语主义（monolinguismo），抵达语言炼金术；另外，蒙塔莱则宣称自己是"形而上学"诗歌的继承者，这种诗歌由波德莱尔和勃朗宁创立，"诞生于理性与非理性的冲突"，并自觉参与到当代诗歌对于叙事化风格的接纳和化用的过程之中，即"散文化而非散文"（farsi prosa senza essere prosa）的进路，对他而言，这几乎是现代诗歌的必然特征。

1983 年，蒙塔莱学生时代的日记以《热那亚记事本》为题出版，《热那亚记事本》的内容可追溯到 1917 年上半年，这有助于澄清蒙塔莱的诗歌起源。《热那亚记事本》中包含了诗人年轻时对欧洲文学伟大主题的思考和重新阐释，这些主题后来构成了他诗歌的语义结构：不合群者的颓废面具（易卜生的《皮尔金特》）；无能者在时间流逝面前的无力感（斯韦沃）；戈沃尼（Corrado Govoni）的未来主义和表现主义脉络。

《热那亚记事本》中向我们透露出有关蒙塔莱时期的音乐和哲学教育对于《乌贼骨》创作的某些情感、灵感线索和某些语言结构层面的影响。

"乌贼骨"一辑当中虽然只有《英国圆号》在标题上保留了某些音乐和诗歌之间的关联，但是，该辑当中，诗人致力于用文字模仿音乐的情感暗示还是相当显而易见的，如整个德彪西式的脉络均在形式上得到了表达（除了《吟游诗人》），表现在层层叠叠的短诗、更成熟的韵律等方面；而《英国圆号》则与瓦格纳的《特里斯坦与伊索尔德》有着明确的联系，等等。这反映出蒙塔莱在 1915 年至 1923 年间所接受的音乐教育对于内心情感和心理的塑造。

在蒙塔莱诗歌创作的框架内，我们也应该对他

的姐姐玛丽安娜的私人哲学课投以关注，他的姐姐
玛丽安娜当时与天主教现代主义保持着密切的文化
联系，而蒙塔莱则与姐姐在智识方面意气相投。蒙
塔莱曾以旁听者的身份参与了姐姐的私人哲学课，
并从中汲取灵感，并且阅读过法国精神哲学家，包
括布特鲁 [1] 和阿米尔 [2] 的作品。因此，他从研究中获
得的思想模型、线索和启发逐渐成为他诗学的一部
分，成为形式、符号和节奏的残留物，构成了他语

---

1 布特鲁（Emile Boutroux），法国哲学家。巴黎高等师范学校毕业后，曾前往德国海德尔堡大学进修。回国后历任蒙彼利埃大学、巴黎大学教授。1912 年入选为法兰西语文学院院士。被认为是唯灵论的实证主义的代表。

2 阿米尔（Henri Frédéric Amiel），瑞士哲学家、诗人、批评家。1844 年至 1848 年，曾在柏林学习哲学（师从谢林）、心理学（师从贝内克）、语言学和神学。他是最早对叔本华哲学感兴趣的外国人之一。1849 年，阿米尔回到日内瓦，成为日内瓦大学美学和法国文学教授，从 1854 年直至其去世前，一直执掌该校哲学教席。阿米尔在今天家喻户晓，要归功于他从 1839 年至 1881 年间写下的几达 17000 页（准确地说是 16847 页）的《内心日记》（*Journal Intime*）。当代哲学家帕斯卡尔·布鲁克纳曾对阿米尔的日记进行过毫不妥协的审视，认为他的日记"比任何其他日记都更好地体现了我们作为受事件驱动的弱者的命运"。在布鲁克纳看来，阿米尔是一个"无情的一厢情愿者"，是历史上唯一一个"在平淡无奇中保持一贯性，从而赢得'无趣皇帝'称号"的日记作者。梁宗岱所译的《交错集》（里尔克等著）中曾摘译有阿米尔（亚美尔）的日记片段。

阿米尔的文字隽永深刻，兹摘译数句以为凭证："十个聪明之士抵不上一个才智之士，十个天之骄子也抵不上一个天才。就个人而言，感情胜过聪明，理智的价值不亚于感情，良心则胜过理智。……聪明什么都能配，配什么都不够。""自由、平等——糟糕的原则！人类唯一真正的原则乃是公正；而对弱者的公正必然是保护或仁慈。""真理是口才和美德的秘诀，是道德权威的基础，是艺术和生活的极峰。"

言的深刻结构。

不过，若论《乌贼骨》在诗歌源流上的借鉴与线索，则不得不提及几位在语言上对蒙塔莱而言最重要的典范者：但丁、帕斯科利和邓南遮。

首先，但丁的一些伟大主题对蒙塔莱有着直接的暗示和现实意义。在这些主题中，蒙塔莱将地狱状态（la condizione infernale）作为被囚禁、被宣判的当代人的代表性处境，更确切地说，是被法西斯主义和纳粹主义逼迫的当代人的代表性处境。这一点在《阿尔塞尼奥》和《相遇》中表现得尤为突出，如《相遇》第22行"身着长袍的游行者"（incappati di cordeo）和第50行的"迷失的空气"（l'aria persa）就具有鲜明的但丁主义色彩，批评家邦菲廖利（Bonfiglioli）甚至将但丁的语言风格视为第二版《乌贼骨》的组织性元素。而当代意大利文学界也公认，因蒙塔莱对但丁作品的化用具有强烈的力度、彻底的同化和"现实化"的能力，而非碎片化或纯粹的引文式趣味，从而在20世纪意大利诗坛显得独一无二。

蒙塔莱与帕斯科利和邓南遮的渊源在某种意义上是趋同的，但在另一个意义上，他们又遵循着截然不同的路线。趋同之处在于，蒙塔莱的一些词汇现象，无论是成系列的还是单个的，在帕斯科利和邓南遮的作品中都有所体现，也就是说，帕斯科利、邓南遮的作品实际上是 21 世纪头几十年所有意大利诗歌语言的跳板。

如《芦苇丛再度升起它的伞状花序》一诗：

在尚未磨损的宁静中
芦苇丛再度升起它的伞状花序：
饥渴的果园将刚硬的枝条伸出封闭的
庇护所，直抵水泄不通的闷热。
……
你缺席，如同遁迹在这片你莅临
的地域，没有你便空自消磨：
你远在天边，然而，一切自它的
沟壑中溢出，飞速消散，隐遁于雾中。

其中的"磨损"（ragnarsi）、"刚硬的枝条"（irti ramelli）、"飞速消散"（dirupare）等词汇，显示出蒙塔莱在词汇或音调魅力方面对帕斯科利继承和剪接的密集交汇。

至于帕斯科利的词汇和图像方面的影响，则似乎聚集在三个基本的共同领域，尽管蒙塔莱和帕斯科利在这一共同点上有所区别。首先，是对精确而具体的术语的喜好，尤其涉及动植物和乡村景观的术语,如松鸦、柳莺、野藜藜、防臭木(cedrina)等,但是,与帕斯科利相比,蒙塔莱所使用的此类词汇要更加冷静,不那么似是而非。其次,有关"亡者回归"的主题,蒙塔莱在此与帕斯科利有着共同的渊源或共鸣,尤其是在诗集《暴风雨》(La Bufera)的某些作品中。最后,是与敌意和威胁感相关的旋律,如《山丘》(Clivo)第三十八至四十一节,即最后一节中的一段:

> 塌方的石头从天而降
> 滚落海滩……
> 在方始漫延的黄昏,只听得
> 一阵号角的啸鸣,某种崩塌。

邓南遮对于蒙塔莱的影响同样不可小觑,蒙塔莱一直高度评价邓南遮的创作,认为他是任何现代人都必须"跨越"的创作者,邓南遮对蒙塔莱的影响至少与帕斯科利对后者的影响旗鼓相当,批评家门加尔多甚至认为,在《乌贼骨》中,邓南遮的影响,或许比其他任何人的影响都要更为强烈,尽管这一影响或许更具结构性和机制性的影响。

从主题上看,《乌贼骨》可视为对邓南遮的《阿

尔西奥涅》[1] 的否定和戏仿,《乌贼骨》记录了诗人
在五渔村(Cinque Terre, 位于利古里亚海滨)度
过的一个夏天。这种反转集中体现在大海的形象上,
以及诗人从中编织出的吸引/排斥的暧昧关系上。
标题《乌贼骨》实际上暗指一种海洋动物的骨架,
这种动物死后随波逐流, 被冲到岸上, 成为水底的
废弃物, 就像"无用的瓦砾"。《乌贼骨》中的邓
南遮式风格, 在主题上可以被理解为代表了某种海
滨所特有的既焦灼又骚动的特质, 有时甚至是直白
的恐慌, 如果没有邓南遮的《阿尔西奥涅》在风格
上作为先例, 即个人碎片在大海所代表的整体中的

---

1 《阿尔西奥涅》(*Alcyone*, 一作 *Alcyoe*)系意大利诗人邓南
遮 1899 年至 1903 年间创作的诗集, 1903 年出版, 共收录诗
作 88 首。这本诗集为诗人计划创作的七卷本作品《献给天空、
大海、大地和英雄的颂歌》(*Laudi del cielo, del mare, della terra
e degli eroi*)中的第三卷, 后于 1912 年被迫中断, 仅出版了其
中的四卷:《玛雅》(*Maia*)、《埃莱特拉》(*Elettra*)、《哈尔西恩》
(*Halcyon*)和《墨洛珀》(*Merope*)。该七卷本作品的创作对
象分别对应昴宿星团中最亮的七颗星, 中文称之为 "七姐妹星
团"。阿尔西奥涅即昴宿六, 为昴宿星团最为明亮的星辰, 在
古希腊神话中为埃俄罗斯之女, 恸其丈夫刻宇克斯出海不归而投
海化作翠鸟。

《阿尔西奥涅》采用的结构方法并不反映创作的时间顺序。在
第一首《休战》(*La tregua*)和最后一首《辞别》(*Il commiato*)
之间, 勾勒出一个在感伤的欢乐和诗歌成就中度过的夏天的理
想。诗集共分为五个部分, 中间以四首长篇颂歌(dythyramb)
予以穿插。诗集中最著名的诗作或许为《雨落松林》(*La
pioggia nel pineto*)和《菲埃索莱的夜晚》(*La sera fiesolana*)。
这两首抒情诗通常被作为颓废派诗歌的典范之作而被纳入意大
利高中文科的教材。

消解，是很难想象的。

二 结构、韵律与调性

蒙塔莱诗集的结构通常考虑了（系列）短诗和较为分散的诗歌文本的交替。这往往呼应于两种抒情形式之间的对立：前者是一种更为集中的抒情形式，瞬间以闪电般的速度消耗；后者则是持续时间更长的抒情形式，可以捕捉到纯粹叙事的元素（如许多优秀的现代诗歌），如《阿尔塞尼奥》；以及两种记忆类型之间的对立：间歇性的、审慎的记忆与捆绑的、胶着的记忆的对立。

此外，还有一种风格是不得不提及的，即短诗中经常出现的某些轻松、轶事或寓言式的情节，这一点在包括《乌贼骨》在内的前三部诗集中都不乏其例，这些情节犹如某种插曲，使得整本诗集的集中性和注意力得以分散，同时也记录了蒙塔莱诗歌中的寓言倾向，而这种倾向正是他作为诗人对于即时性和场域的敏感的一部分，比如蒙塔莱献给同乡诗人斯巴尔巴罗的双联诗的第二首《警句》（*Epigramma*），这种不那么严肃的寓言式风格，实质上构成了与诗集其他作品所表现出的高度抒情性和伟大风格的对位关系。

20世纪可能没有哪位诗人像蒙塔莱那样，如此大量地使用韵律，据统计，《乌贼骨》中有50%的诗句是押韵的，尤其是如此独创性地使用韵律，在那个处于危机中的时代，他是格律体的恢复者和改革者，在这一点上，他和另一位隐逸派巨擘翁加雷蒂的取法截然不同，后者以其对韵律的彻底放弃而更加强调词语炼金术。与他的其他诗歌单行本中出现的情况有点类似，蒙塔莱将完美的、明显的韵律与各种打破常规的或隐藏的韵律交织在一起。

在蒙塔莱丰富的诗歌韵律中，既有恒定的，也有变异的；既有历时性的，也有共时性的。总体而言，至少在《萨图拉》之前，这种韵律绝非革命性的，与其说它是20世纪的自由体与传统遵守格律规范的古典诗歌之间的妥协，不如说它代表了一种新的倾向性，它暗暗地指向古典却并不步古典之后尘，而是创造出属于自己的独有的规范。

通过蒙塔莱的系统化行动，诗歌技巧和韵律中的一系列"不规则"元素，以一种自然而然的方式获得了合法性，对于后来的诗人而言，蒙塔莱可谓功不可没。然而，相对于以未来派、"声音"派和以翁加雷蒂为顶峰的自由体诗在格律方面的革命而言，蒙塔莱的格律从一开始就呈现出明显的"改革"

和重构元素，无论如何，其饱和度都不亚于"古典诗歌"的格律。

蒙塔莱诗歌的主要构成形式为四行诗（一节四行），它成为许多短诗的附属形式，但并非唯一的形式（如"乌贼骨"中《波纹》）。但在其他诗作中，相对于古典诗人而言，蒙塔莱在诗歌创作和韵律方面始终避免像其他 20 世纪的诗人一样，回到传统的格律中去。

> 哦，夏日的葡萄园
> 群星扭曲的
> 道路！——在我们身上，是某种
> 源于群星的带有悔意的惊奇。
>
> ——《波纹》

蒙塔莱倾向于将诗歌文本理解为明确可塑的和自主的"客体"，他认为诗歌离不开"表现性"和"音乐性"，他将形式的清晰与存在的动荡和解体对立起来，将前者的丰富与日常生活中主体的无调性贫乏对立起来，他的这种理解是合理的。

蒙塔莱的诗歌以十一音节诗句（endecasillabo）为主，并常常与七音节诗句（settenario）交织在一起。更值得注意的是，在《乌贼骨》中，其他非正统的、"现代"式的长音节也伴随着十一音节诗行，甚至在上下文中与十一音节诗句相结合：如亚历山大式十三音节变体（variante di tredici sillabe），这一变体或许习自"黄昏派"诗人戈沃尼或法国象征派亚历山大变体。《"而今，焦虑的循环消失了……"》中的其中两行即属于亚历山大式的十三音节变体（中文译文的对应诗行以楷体予以标示）：

Ed ora sono spariti i circoli d'ansia

che discorrevano il lago del cuore

e quel friggere vasto della materia

che discolora e muore.

Oggi una volontà di ferro spazza l'aria,

divelle gli arbusti, strapazza i palmizi

e nel mare compresso scava

grandi solchi crestati di bava.

Ogni forma si squassa nel subbuglio

degli elementi; è un urlo solo, un muglio

l'ora che passa: viaggiano la cupola del cielo

non sai se foglie o uccelli – e non son più.

（而今，围绕着心湖

和物质炙烤般的浩瀚

的焦虑的循环消失了，

那使一切失色和死亡的物质。

今天，某种铁的意志澄清了空气，

将灌木连根拔起，粗暴踩躏棕榈树，

在被抑制的海面上凿出

泡沫巨大的冠状犁沟。

每种形式都在元素的动荡中

摇晃；一声孤独的尖叫，一阵

被连根拔起的存在的咆哮：一切逝去的时光

都在分崩离析：那些在苍穹之上穿梭的

分辨不出落叶抑或飞鸟——也已不复存在。）

    《乌贼骨》在韵律方面的另一个特点是九音节诗句（novenari）的较高使用频率，在诗人后来的三部诗集中，这一频率明显下降，这被认为与年轻时的蒙塔莱直接或间接受帕斯科利的影响有关；与之相辅相成的是八音节诗句（octonaries），在《乌贼骨》中也非常常见，但在后来的作品中则有所减少甚至是大为减少。如《"不要躲入阴影……"》中（即下文所引首行）就采用了九音节形式：

Come quella chiostra di rupi

che sembra sfilaccicarsi

in ragnatele di nubi;

tali i nostri animi arsi

(像那道悬崖上的回廊

似乎在云雾的蛛网中

自行松脱；

我们如此这般燃烧的灵魂)

　　再如，《墙上伸出的树枝》一诗的起首四行中
的第一、二行，均采用了八音节诗句形式，第三行
采用了十一音节，第四行则采用了七音节，显示出
诗人在韵律方面极为娴熟的技巧和游刃有余的尺度
把捉：

Fuscello teso dal muro

sì come l'indice d'una

meridiana che scande la carrier

del sole e la mia, breve;

(墙上伸出的树枝

就像一根日晷的

指针，短暂地，扫描着

太阳和我的事业。)

三 大海、风景和女性

从"荷马史诗"中的标志性"酒红色的大海"，到当代诗人如聂鲁达、沃尔科特等，均是善于描写大海的行家里手，事实上，沃尔科特也确实享有"加勒比海的荷马"这一美誉，他的长诗《奥梅罗斯》就有着过于鲜明而强烈的来自海洋的气息，袭自荷马史诗和但丁《神曲》的同时，又渴望超乎其上。这当然与其生活的国度和环境密不可分。

但是，大海在蒙塔莱那里有着更为复杂、沉重、荒诞和悲剧性的存在之维。蒙塔莱曾经宣称：在《乌贼骨》中，一切都被发酵的大海吸收了。但《乌贼骨》中如此重要的主题"大海"（参见"地中海"、《岩石上的龙舌兰》《海岸》等）却是以二元性的特征予以呈现的。这一二元性的特征源于大海之作为生命和存在的镜像，它既体现出强烈的吸引的特征，同时又冷漠地加以拒绝。面对大海，诗人感觉自己几乎被吸附进去，强大无比到无从反抗，就像被神话中的卓越的生命元素全然吸纳，但同时又被它悍然拒绝、驱逐，被限制、困守在陆地上。因此，海是完整的，是不可能性的完整，是生命本身的完整，在面对大海的主体——诗人这里，它一方面被全身心地讴歌，另一方面又被这一讴歌的主体所否定。

现在我是

扎根在岩石裂缝中的

龙舌兰

自海藻的怀抱中逃离大海

海藻张开宽阔的喉咙，紧紧攫住岩石；

而今天，在全部本质的

喧嚣中，以我尚未绽放的

闭合的蓓蕾，我感到

我的一动不动犹如一种折磨。

——《岩石上的龙舌兰》

但与此同时，这一二元性并不限制大海丰富而多面的形象，相反，它恰恰强化了其丰富性，正如在《"如果你愿意，请驱散……"》中所看到的那样：一方面，大海是失落的原始神话，是对个体不得不与之脱离的大自然的一视同仁；另一方面，则是自我的深层记忆，是可能的和谐的典范。

我聆听的教导

更多地来自你辽阔的

荣耀，来自某个

荒凉的正午你近乎

悄无声息的喘息，

于你，我谦卑地交托自己。它们并非

酒神杖上闪烁的火花。我心知肚明：燃烧，

确系我意，别无他图。

——《"如果你愿意，请驱散……"》

  诗人在面对大海时的精神处境，也可以从第一本诗集的名称——"乌贼骨"——得以反映。正如蒙塔莱自己所理解的那样，是个体碎片在大海所代表的整体中的消解：

哦，而后颠簸

如同海浪中的乌贼骨

渐渐消失

成为

一棵虬曲的树或一块被大海

磨光的石头；融化在夕阳的

色彩中；肉体消失

喷涌为阳光下陶醉的泉水，

被太阳吞噬……

——《"海岸……"》

  不过，与《乌贼骨》这一诗集名称有所不同的是，《"海岸……"》一诗中的"乌贼骨"（l'osso di seppia），诗人却使用了单数，而非复数，这在整本诗集中是唯一的一次。当被用于复数时，诗人意在强调无情的存在与命运之海对于一代人的生存处境的冲刷与抛弃："时光的交替、利古里亚的大海和土地的方方面面，以及生命被遗弃在散乱的时间之流中转瞬即逝的经历，有时会在事物中发现自己悲惨宿命的镜像，这些便是眼前这本诗集的主题。这些进入我们视线的闪光、坚硬的'乌贼骨'依然浸泡在蔚蓝色的大海中，散发着大海抛回岸边的残骸的失落忧郁，又在岁月的流逝中不知不觉间隐没于深渊。"（索尔米：《蒙塔莱一九二五》）而当被用于单数时，诗人显然意在回指作为个体生命的自身。

与利古里亚的大海紧密相关的，则是诗人生长于斯的利古里亚的海边风景，在《乌贼骨》中，诗人眼中的海边风景同样具有双重意义，它既与自我的贫瘠、孤独等情绪相关，并与之产生共鸣，同时又象征着"荒芜而本质的"、禁欲主义的和委曲求全的态度，个人的尊严渴望与自己岌岌可危的生存条件相抗争，以便"毫不怯懦"地生活下去：

　　　　附近是激流的入海口，水流
　　　　枯少，满布石头和灰泥；

甚而也是敝旧的人类行为的入海口，

边界之外，苍白的沉沦的

生命的入海口

在一个圆圈中包围着我们：空洞的脸，

瘦骨嶙峋的手，络绎成行的马，刺耳的

轮子，没有生命：另一个海的

植被高悬于洪波之上。

——《相遇》

　　《乌贼骨》中透露出的刻骨的孤独和荒诞之感，与诗人对当代人的存在处境的理解密切相关，这一理解旨在强调神圣空场后，个体需独自承担起面对孤独处境的尊严和责任。也正是在这一前提下，《乌贼骨》中出现了三位虽非核心，但是扮演着重要角色的女性，她们往往是以诗人在孤独处境中的对话者、旁观者甚或拯救者的姿态出现的。

　　第一位女性为宝拉·尼克莉，《乌贼骨》的"序曲"《门槛上》就是献给宝拉·尼克莉的，她也是蒙塔莱第一本诗集的潜在灵感之一。除了《门槛上》，《乌贼骨》中至少还有五首诗，如《"你的手指试了试键盘……"》《海边之家》《蝶蛹》《波纹》等，是献给宝拉·尼克莉的。1924 年，蒙塔莱在卡拉拉的洛多维奇家中，遇到一位建筑师的妻子，即宝拉·尼克莉，并迅速爱上了她。尼克莉是一位长相俏丽的秘鲁裔女演员，在诗中，宝拉·尼克莉作为一位女性对话者，映照出诗人自身的优柔寡断和心理层面的脆弱。

> 在屈服之前，我希望为你指明
> 这条逃生之路
> 短暂一如大海动荡的
> 田野上的泡沫和波痕。
> 我也会向你献上我贫瘠的希望。
> 对于新的日子，我疲惫不堪，不知道该
>   如何培育这希望。
> 我把它作为对你命运的担保，保佑你幸免
>   于难。

第二位女性为诗中的安妮塔 / 阿莱塔，真名安娜·德利·乌贝蒂，她的形象贯穿于蒙塔莱几乎所有的诗歌单行本，包括一些最高成就的作品，如《风与旗》《三角洲》《相遇》，以及后续诗集《境遇》一辑中的《海关官员之家》（*La casa dei doganieri*）等。安妮塔 / 阿莱塔于 1959 年去世，是一位芳龄早逝的女子，也是联结爱的可能性与命运的缪斯女神——带有莱奥帕尔迪式的迷人魅力和雪莱与济

慈之间的浪漫关系。安妮塔作为诗人的灵感来源，也被与某些神话人物形象联系起来，如冥后珀尔塞福涅（Proserpina）、达芙妮（Dafne）和欧律狄刻（Euridice），从而显现出其"恶灵般的、冥府本质"。

第三位女性是《假声》中的题献对象、年轻的女运动员埃斯特里娜·罗茜（Esterina Rossi）。从 1923 年夏天起，蒙塔莱经常光顾朋友弗朗西斯科·梅西纳和比安卡·梅西纳（Francesco e Bianca Messina）的家，并在那里认识了埃斯特里娜。这首诗的创作日期约在 1924 年 2 月 11 日之后。对诗人而言，无论是与尼克莉迷人的躁动还是和安妮塔忧郁哀伤的命运相比，埃斯特里娜的形象都要逊色得多，也并不那么令人心潮澎湃。对于这位富有文学血统的少女，诗人对她的观察既报以同情，同时也保持着讽刺性的疏离感。在诗中，埃斯特里娜被诗人视作一种同大自然亲密无间的形象，而这种形象对人生充满了跃跃欲试的好斗感。

> 你迟疑着，站在颤抖的木板顶端，
> 而后面带微笑，宛如清风拂面
> 你落入神性之友
> 的怀抱中，它接住你。

我们打量着你，那些
留在大地上的种族。

——《假声》

在《乌贼骨》中，面对个体生存的悲惨处境，三位女性，犹如大海和风景的对位关系，她们如此隐秘，却使得众多诗歌的意义同时被指明并悬浮于一种超越性之中。

四 结语

从主题上讲，《乌贼骨》是一组消极而又无法摆脱的诗歌，是一组紧紧攫住我们的"必然性"的诗歌，它是几乎不给我们留下一线生机，或许也是不留丝毫"奇迹""神迹"的诗歌。

在1951年的某篇评论中，蒙塔莱坦承："我从一出生就感到与周围的现实格格不入，我的灵感主题只能是这种不和谐。"

蒙塔莱的诗歌，尤其是《乌贼骨》中的作品，罕见地表现出稍后成为重要哲学流派的"存在主义"式立场，或许，我们称之为前存在主义气质要更为合适。

在蒙塔莱的诗中，生活是"琐碎事实的消磨"，自我被包裹在絮状物中，时不时或全然无精打采、漠不关心、自动僵化（《生活之恶》和《无动于衷的谵妄》），很少被生命力的闪光（如"地中海"）或重新组合为积极统一体的希望（《海岸》）所打破。

但是，按照意大利当代文学批评家门加尔多的理解：以否定和解体感为主导内容的《乌贼骨》，在表达方式上完全不是支离破碎的，而是非常紧凑、坚定、果断的，简而言之就是雄辩——否定的精神与强烈的反驳和圆润的宣示同时存在，这种精神在莱奥帕尔迪和波德莱尔等奠基人那里已经以其他方式得以体现，而《乌贼骨》中又重新出现了这种精神，这也是《乌贼骨》具有永久重要性的主要原因之一。

门加尔多的理解揭示了蒙塔莱诗歌中深刻的一面，这与诗人对于当代人的精神处境的体认和独特理解密切相关。1952 年，蒙塔莱亲赴巴黎参加一场题为"隔绝与交流"（l'isolamento e la Comunicazione）的会议。会上，蒙塔莱宣读了一篇题为《艺术家的孤独》（ La solitudine dell'artista ）的演讲报告。[1] 在这篇演讲中，蒙塔莱通过介入"二

1　这篇演讲日后被收入 1971 年出版的政治文化类随笔集《火刑》（ Auto-de-fé ）之中。

战"后意大利非常活跃的争论从而发出了自己的声音，蒙塔莱所支持的阵营坚持认为，作家应该持守其超然世外的态度，与历史、社会和政治事件保持贵族式的隔离；另外，持参与态度的理论家则认为，诗歌和文学的价值恰恰应该由诗歌以及作家与历史现实的联系和接触时所发挥的功能来加以衡量。蒙塔莱在演讲中提出了一个激进的、反潮流的观点，完全不循规蹈矩，在他看来，艺术家的孤独，是艺术家抵抗生存状态的恰当而唯一的姿态，也是与世界交流的唯一方式。

"隔绝与交流"，这对反义词不仅关系到作家或艺术家。在蒙塔莱看来，人作为个体化的存在和经验的个体，乃致命的孤独。社会生活是一种补充，是某种临时的集合体，而非个体的统一体。个体所传达的是隐藏在我们内心深处的超越自我，并在他人身上认出自己。但是，超验的自我只是一盏灯，只能照亮我们眼前的一小片空间，这盏灯引领我们走向非个体的，因而也是非人类的状态。我们这个时代的优点在于，它前所未有地发现或突出了艺术经验的整体性和戏剧性。试图阻止昙花一现，使现象非现象化，试图让定义上并非如此的个体自我进行交流。简言之，这是对人类生存条件的反抗，这是由热情的生命之爱（*amor vitae*）所决定的反抗，也是我们这个时代艺术和哲学探索的基础。

蒙塔莱的上述演讲内容，很好地佐证了批评家门加尔多对于《乌贼骨》悖论式的定位，同时也是对于蒙塔莱本人全部作品的极佳诠解。包括诗人在内的广义的艺术家的孤独，乃是出于热情的生命之爱而对现代的人类生存条件所做的抵抗，读者在《乌贼骨》中感受的孤独有多强烈，对于诗人的"生命之爱"的理解就有多深刻，对于诗人诉诸孤独来完成交流、展示抵抗的意志的感受就有多生动。

最后，不得不提的是，译者倾力翻译的蒙塔莱的《乌贼骨》，并非要在数量上，而是试图在理解上为中文世界的诗歌爱好者提供一部新的译作。译者有限的阅读经验告诉自己，作为 20 世纪的诗歌巨奖，蒙塔莱的形象和作品力量长期以来在中文世界是被严重扭曲和低劣化的，而译者是否能如"鹤鸣九皋"般清新高远地传达出原作的卓绝与魅力，则有待于读者诸君的评定和揣摩了。

刘国鹏

2023 年 9 月